DIETMAR KRÖNERT

SPLATTERCONNECTION
STUTTGART-BALTIMORE-L.A.

THRILLER

DIETMAR KRÖNERT

SPLATTER CONNECTION
STUTTGART-BALTIMORE-L.A.

THRILLER

Bibliografische Information der Deutschen Bibliothek:
Die Deutsche Bibliothek verzeichnet diese Publikation in der
Deutschen Nationalbibliografie; detaillierte bibliografische
Daten sind im Internet unter *http://dnb.ddb.de* abrufbar.

Impressum
© 2017 Dietmar Krönert
Satz, Layout und Umschlaggestaltung:
Achim Czogallik, München
Herstellung und Verlag:
BoD - Books on Demand, Norderstedt
ISBN 978-3-7431-3493-5

An dieser Stelle wird oftmals gedankt

So bedanke ich mich bei meinen Lesern für ihr Verständnis. Sie mögen mir verzeihen, dass ich kein umfangreicheres Buch abgeliefert habe. Ich mag keine dicken Bücher, was wohl daran liegt, dass ich ein unruhiges Leben führte und nie viel Zeit zur Verfügung hatte. Eine Geschichte, ein Roman sollte ausführlich, aber trotzdem flüssig zu lesen sein. Ich halte beispielsweise nichts davon, an der grüngestreiften Jacke der Hauptfigur abzuzählen, wie viele Knöpfe geschlossen sind und wie viele offen stehen. Man sollte dem Leser auch etwas Raum für die eigene Fantasie zugestehen. Er hat ein Recht darauf.

Frau Heidenreich sagte am 11.10.2015 im TV-Sender SWR: »Ich mag dicke Bücher«, und zu Autor Franzens Unschuld: »300 Seiten hätten es auch getan.« Bravo!

Personen und Inhalt des Romans sind Fiktiv. Übereinstimmungen mit realen Personen oder Namen sind rein zufällig. Die beschriebenen Ereignisse einer Splattermovieszene könnten so oder so ähnlich geschehen sein. Da sind den menschlich-kriminellen Triebhaftigkeiten leider kaum Grenzen gesetzt.

Glücklicherweise sind reale Tötungsdelikte zur Herstellung von Splatter- und Snuffmovies ein in Europa eher unbekanntes Phänomen. Dennoch Vorsicht! Dieser Roman kann geeignet sein, Ihre Gefühle zu verletzen.

Ein schwäbisch-US-amerikanischer Thriller
Stuttgart – Baltimore – L.A.

Es könnte eine Krimikomödie sein, ein Schmunzelthriller.
Wären da nicht die bösen Seiten.

TEIL 1

1

Sammy blickt durch die Scheibe, die nur zur Hälfte von Gardinen verdeckt ist, nach draußen. Seine Gedanken schweifen zwischen der Morgenzeitung und diffusen Erinnerungen, die für ihn kaum noch fassbar sind, hin und her. Den Mann, der mit seiner kleinen Tochter an der Hand vorbeigeht, sieht er zwar, nimmt ihn aber nicht wahr. Die Kleine hüpft von einem Bein aufs andere. Hätte er sie nicht an der Hand, würde sie wie ein junges Fohlen kopflos hierhin und dorthin hüpfen. Sammys Kaffee wird gebracht, ein kurzes Nicken, ein leises Danke.

Nach Politik, Weltgeschehen und Sport ist er beim Kulturteil der Morgenzeitung angelangt. Nicht dass ihn die Kultur mehr als anderes interessiert hätte, eine Gewohnheit, mehr nicht. Sammy liest Überschriften, fängt Beiträge an zu lesen und bricht nach wenigen Sätzen wieder ab. Sein Blick kehrt wiederholt zu dem Bild einer jungen Frau zurück, die ihn an irgendetwas erinnert, was lange in der Vergangenheit liegt. Ihr Name Elisabeth Behringer sagt ihm zwar nichts, aber er kommt nicht drauf, an was ihn dieses Bild erinnert.

Der Text zum Bild behandelt das Thema der Anfänge der Sexfilmindustrie der sechziger und siebziger Jahre. Sammy würde diesen Artikel gar nicht beachten, wenn da nicht dieses Foto dieser schönen, jungen Frau wäre. Er liest den Artikel erneut durch. Das Sexfilmgewerbe der frühen Jahre. Dänemark, Schweden, das prüde Nachkriegsdeutschland. Wo die kurze Zurschaustellung eines kleinen, mädchenhaften Busens der jungen Hildegard (Hilde) Knef in dem mittelmäßigen Film Die Sünderin geistliche Herren, biedere Hausfrauen und Politiker auf die Straßen trieb, um gegen diesen Sittenverfall zu wettern. Das Volk war aufgebracht. In der damaligen Zeit waren auf den Titelseiten der Zeitschriften und in deren Inhalten nackte Brüste und so manche anderen Körperteile durch schwarze Balken verdeckt. Die Leute mussten vor sich selbst in Schutz genommen werden.

Der Artikel, ein typischer Sommerlochbeitrag. Die Seiten der Zeitungen müssen ja irgendwie gefüllt werden. Der Beitrag wurde wohl angeregt aufgrund eines alten, erotisch aufgeladenen Pseudoabenteuerfilmes aus italienischer Produktion, der spätnachts über einen kommerziellen TV-Sender ausgestrahlt wird. Der Redakteur hat recherchiert und herausgefunden, dass eine der Darstellerinnen damals spurlos verschwunden ist. Der Fall wurde nie aufgeklärt. Es hieß, die schöne einundzwanzigjährige Frau sei von Menschenhändlern entführt worden, zu einer Zeit, als in Deutschland so etwas noch gar nicht vorkam.

Die Fantasien der Menschen wurden wohl durch Abenteuerfilme und seltsame Krimis getrieben. In den Kinos der damaligen Zeit wurde nicht selten die hübsche Hauptdarstellerin entführt und gefesselt gefangen gehalten. Der böse Frauenfänger, ein hässlicher, verschwitzter Typ, versuchte die arme Schöne zum Küssen zu zwingen. Die daraufhin angeekelt ihr Gesicht nach links, nach rechts und wieder nach links abwendete. Aber dann, zum Glück und zur Erleichterung aller Zuschauer im Kinosaal, kommt der junge Held gerade noch rechtzeitig aufs Set, um einen schmierigen Kuss oder noch Schlimmeres zu verhindern. Die Menschen gingen glücklich nach Hause oder in die nächste Kneipe, um die ausgestandenen Schrecken erst einmal mit Alkohol zu verarbeiten.

Aus einem unbestimmten Gefühl heraus beschließt Sammy – oder besser Samuel, das hört er lieber, denn ein Sammy ist er schon lange nicht mehr –, den alten Abenteuerstreifen anzusehen.

Um drei Uhr morgens, zu einer Zeit, zu der viele Sender den miesesten Trash ausstrahlen, wacht Samuel Brettschneider unvermittelt auf. Sein körpereigener Weckdienst, die innere Uhr funktioniert auch nach dem Ausscheiden aus dem Polizeidienst immer noch recht gut. Nur weiß er nicht, was ihn in dem Augenblick geweckt hat. Es dauert eine Minute, bis ihm das Bild der jungen Frau und der Zeitungsartikel wieder einfallen.

Samuel geht in sein innenarchitektonisch leicht überaltertes Wohnzimmer und schaltet das TV-Gerät und den Rekorder ein. Das Gerät am Abend zu programmieren hatte er schlicht vergessen. Er macht sich noch einen Tee in der Küche. Sorge, jemanden zu wecken, muss er sich nicht machen, wurde er doch immer wieder verlassen in seinem Leben. Und jetzt empfindet er es als Restzeitverschwendung, nochmals irgendeine Art von engerer Beziehung einzugehen. Basta!

Als Sammy aufwacht, liegt er krumm in seinem Sessel. Das Fernsehgerät zeigt die Vorzüge eines Staubsaugervorsatzes zum reinigen von Fenstervorhängen und Wohntextilien aller Art. Sammy schaltet die Geräte ab und nippt an seinem kalten Tee. Den kann er wegschütten, kalt schmeckt das Kräutergebräu überhaupt nicht.

Während er sich nun alternativ Kaffee kocht, fällt ihm ein, was seine unterbewusste Hirntätigkeit über Nacht für ihn herausgefunden hat. Genau, er kann sich jetzt daran erinnern. Das Bild der jungen Frau aus der Zeitung ist ein Ausschnitt, Teil eines Suchplakates von Anfang der siebziger Jahre. Die Polizei wandte sich damit an die Bevölkerung, um irgendwelche Anhaltspunkte über das verschwinden der Frau zu erhalten. Damals verliefen alle Bemühungen, das Schicksal der Frau zu klären im Sande. Also erledigt.

Sammy sieht sich den aufgezeichneten Film dennoch an. Es ist nicht die übliche Juxfilmware der Siebziger, wo noch in Lederhosen gejodelt wurde. Die Streifen aus italienischer Produktion waren deutlich schärfer als deutsche Hausmannskost. Beispielsweise wurden Hexen, laut Kinoplakat, bis aufs Blut gequält. Mondo Cane zeigte, wie Menschenfresser im Urwald Menschen fressen.

In der Einleitung wird schon einiges klar. Ein böswilliger, unausstehlicher Adeliger im ausgehenden Mittelalter, wie der Film glauben machen will, begehrt die hübsche, unschuldige Tochter

Sylvia des braven Dorfschmiedes der benachbarten Grafschaft. Einen Antrag des fremden Grafen lehnt der treue Dorfschmied ab: »Kommt überhaupt nicht infrage.«

Damit wäre das Problem für den Betrachter umrissen. Der Conte will nicht verzichten, zu sehr hatte er sich während eines Ausrittes in die Dorfschönheit verguckt. Der Conte instruiert seine Häscher, nach der Schönen Ausschau zu halten, sie bei günstiger Gelegenheit zu entführen und unbeschädigt in seine düstere Burg zu bringen.

Nach wenigen Augenblicken erkennt Sammy, dass Sylvia, die Tochter des Schmieds, identisch mit der Frau auf dem Vermisstenplakat ist.

Szenenwechsel. Sylvia sitzt am Bach, singt leise ein einfaches Lied, während sie ein in einen Rahmen eingespanntes Stück Stoff bestickt. Sie schaut auf, zuerst erstaunt, dann erkennend, dass die Fremden ihr nichts Gutes wollen. Sylvia springt auf und läuft weg. Die Häscher hinterher.

Nun wird auch offensichtlich, dass die kleine Sylvia sehr gut bestückt ist. Während sie den finsteren Männern zu entwischen versucht, dokumentiert die Kameraführung ordentlich Bewegung in der Bluse der schönen Maid. Man erkennt nun auch, worin die wahre Größe und Begabung dieser Nachwuchsdarstellerin besteht.

Samuel beginnt sich langsam einen Reim zu machen. Vielleicht liegen Fiktion und Wirklichkeit gar nicht so weit auseinander? Aufdringliche Verehrer, neudeutsch Stalker genannt, gab es ja schon immer. Es hätte natürlich auch sein können, dass Elisabeth Behringer während oder nach den Dreharbeiten so sehr Gefallen an Italien gefunden hatte, dass sie einfach – ja, so könnte man sagen, dass sie einfach abgehauen ist. Soll ja nicht ganz so selten vorkommen, und so manche Vermissten tauchen Jahrzehnte später wieder auf.

Auf dem Bildschirm wehrt Sylvia inzwischen die Aufdringlichkeiten des Conte ab. Sie ist überhaupt nicht gewillt, ihre Unschuld an so einen ekeligen Typen zu verschwenden. Der Conte wird immer missgelaunter. Er weist seinen Kellermeister, der nebenbei auch als Kerkermeister tätig ist, an, die Unwillige im hintersten Verlies anzuketten. Da kauert sie nun, die Handgelenke hinter ihrem Rüchen mit Metallmanschetten zusammengeschmiedet, auf gestreutem Stroh. Das wird sie schon gefügig machen, verspricht sich der Conte, das wäre ja gelacht.

Samuel macht sich einen zweiten Kaffee, so spannend ist die Handlung ja nun auch wieder nicht. Erst als der Nachspann durchläuft, weckt das sein Interesse. Er hält das Bild mehrmals an um sich die Namen der Akteure vor und hinter der Kamera zu notieren. Und er fragt sich, was er da eigentlich tut, denn immerhin liegen zwischen den damaligen Geschehnissen und heute 40 Jahre. Er gibt sich in Gedanken auch gleich die Antwort auf die selbst gestellte Frage: Das neue Rentnerdasein und die damit einhergehende Tatenlosigkeit behagt Samuel überhaupt nicht. Die Vorstellung, im Stadtpark zu sitzen und fette Tauben noch fetter zu füttern, macht ihm Angst. Da kann er sich gleich hinlegen und sterben. Dieser Gedanke ist weit weniger unbehaglich für ihn.

Samuel beendet die immer gleiche Frühstücksszeremonie damit, Tasse und Teller auf dem Spültisch abzustellen, neben dem Geschirr von gestern und vorgestern. Morgen wird er dann alles abspülen. Sein Haushalt ist durchorganisiert. Samuel ist nicht übergründlich, aber was getan werden muss, muss eben getan werden, mal früher, mal später.

Die Radiosprecherin verspricht angenehme Temperaturen für den ganzen Tag. Samuel wühlt in seinen Schubladen, da ist sie, ich wusste doch, dass sie hier irgendwo sein muss, Karl Reinerts Nummer. Charlie, ein Filmfreak und Sammler, mit Samuel befreundet, nun ja, früher hatten sie noch öfter Kontakt miteinander. Samuel geht ja schon lange nicht mehr ins Kino. Die neuen Filme speziell aus Hollywoodproduktion sind an Unrealismus kaum noch zu übertreffen.

»Samuel, Samuel – wer?«

»Sammy!«

»Sag's doch gleich. Wieso rufscht du denn jetzt auf einmal an?«

»Wir haben uns ja schon ewig nicht mehr gesehen.«

»Ja schon, aber wieso rufscht denn wirklich an?«

»Ich brauche deine Fachkompetenz.«

»Du willscht 'en Brunne bohre lasse?«

Sein alter Freund Charlie ist Inhaber eines kleinen Tiefbohrunternehmens. Da bleibt ihm genügend Zeit für seine Leidenschaft rund um Film und Kino. Inzwischen wird Karl Reinert als anerkannter Filmexperte geschätzt und um Rat gefragt.

»Nein, nein. Ich muss einige Dinge über eine Schauspielerin herausfinden.«

»Ja gut, dann komm halt gschwind vorbei.«

»Wann?«

»Ha, jetzt , morgen, wie de willscht!«

»Heute noch, hast du Zeit?«

»Klar i bin daheum.«

2

Später Nachmittag

Samuel war schon früher immer wieder beeindruckt, mit welchem Ehrgeiz Charlie alle Winkel seiner Wohnung mit Kassetten, DVDs und vor allem Bücher und Fachzeitschriften zustapelt. Und nichts von all dem ist wirklich überflüssig. Samuel zieht den Zeitungsausschnitt aus seinem Jackett. Charlie kommt mit Tee aus der Küche. Er ist kein Kaffeetyp, hat noch nicht mal eine einfache Kaffeemaschine.

»Elisabeth Behringer«, sagt Charlie, nach einem kurzen Blick auf das Bild der Vermissten.

»Du hast es gelesen?«

»Nein, aber es währe echt komisch, wenn ich nicht wüsste, wer das ist. Ist der Tee okay?«

»Wie? Ja. Also, ich habe da ein paar Namen notiert. Was mich interessiert, wo finde ich diese Leute?«

»Lass mal sehen. Also, ja. Tot – dement – auch tot. Der hier, der lebt irgendwo in der Pampa auf Sizilien. Die hier war eine der italienischen Bedarfsdarstellerinnen, die steht in keinem Verzeichnis. Das ist ja auch schon alles so lange her. Tot, tot, nein warte mal. Hier, die müsste jetzt so um die sechzig sein. Paula Maier, lebt hier in Stuttgart, in Zuffenhausen. sie war damals Tänzerin, also Schönheitstänzerin, so nannte man das oder so ähnlich. Wurde wegen ihrer tollen Figur gerne für kleine Sexfilmrollen oder Nacktfotos gebucht.« Und nach einer kurzen, nachdenklichen Pause: »Und wie man sieht, sogar bis nach Italien hat sie es gebracht, fast schon ein internationaler Star.«

Samuel stellt immer wieder erstaunt fest, dass sein alter Freund Charlie problemlos ins Schriftdeutsche wechselt, wenn er aus seinem Fachgebiet referiert.

»Kennst du diese Paula Maier?«

»Nicht direkt. Ich habe sie ein paar Mal auf Branchenveranstaltungen gesehen. Vielleicht mal ein paar Worte mit ihr gewechselt, aber frag mich nicht, worüber wir damals gesprochen haben. Ach ja, sie hatte mir ein Autogramm gegeben. Das Interesse der Leute an ihr machte sie richtig stolz.«

»Hm, interessant. Und Elisabeth Behringer, kanntest du die auch?«

»Weniger, die war etwas zurückhaltender. Lass mich mal überlegen ... nein, ich weiß nur, dass die beiden oft zusammen gearbeitet haben. Es waren ja auch keine richtigen Schauspielerinnen, die zwei hatten selten Text. Manchmal mussten sie kreischend weglaufen. So etwas muss man ja auch überzeugend bringen. Man sah sie meist als Tänzerinnen oder als Statistinnen im Hintergrund. Da gab es Szenen in italienischen Filmen ... also mindestens in einem Film, wo 30 oder 40 hübsche junge Frauen an Pfähle angebunden standen, als Geiseln oder als Druckmittel zwischen verfeindeten Städten oder Völkern. Für solche Einstellungen wurden gerne hellblonde oder dunkelblonde deutsche Mädchen verwendet. So waren nun mal die simplen Filmkonzepte. Die hübschen Damen gerieten in Gefahr und wurden am Ende doch noch gerettet. Meistens jedenfalls. Auch der Held musste zuvor Demütigung und Schmerzen erleiden, bevor er sich aus dem Staube erhob, um gegen die Feinde zu kämpfen und am Ende glorreich zu siegen. Dagegen hatte der deutsche Heimatfilm eher etwas mit Naturkunde und bäuerlicher Leitungsschau zu tun. Und am Ende wurde nach schier unglaublichen Verwicklungen stets und glücklich geheiratet. Das Kinopublikum war zufrieden. Also, wo diese Paula Maier in Zuffenhausen genau wohnt, kann ich dir auch nicht sagen. Vielleicht ist sie weggezogen. Aber du bist ja Polizist, dass dürfte für dich also keine Schwierigkeit sein, die Adresse herauszufinden.«

»Die Maier werde ich schon finden. Aber ich bin nicht mehr im Dienst, weißt du, ich bin jetzt im Ruhestand.«

»So, aha, na jetzt weiß ich das auch. Das heißt, du ermittelst als freier Mitarbeiter, falls es bei der Stuttgarter Polizei so etwas überhaupt gibt.«

»Nun ja, ich bin einfach an dem Schicksal der Frau als ungelösten Fall interessiert. Von ihr fehlt bis heute jede Spur.«

»Und da hast du dich quasi selbst beauftragt, die Suche wieder aufzunehmen. Dir ist es langweilig!«

»Ich fühle mich einfach nicht wie ein Pensionär, ich muss was tun.«

»Kann ich gut verstehen, wenn man so vor dem Nichts steht. Du hast ja auch kein Filmarchiv zu verwalten.«

»Ja, ich hatte immer nur meine Arbeit, und Zuhause herumzusitzen, das ist nicht mein Ding.«

»Na dann viel Erfolg, mein Lieber. Du wirst mich aber schon informieren, sobald du etwas über die Frau in Erfahrung gebracht hast?«

»Mach ich, auf jeden Fall, ich melde mich.«

»Na dann.« Charlie bringt Samuel zur Tür. »Mach's gut!

»Du auch.«

22. Juli

Paula Maier. Steht da neben dem Klingelknopf. Ein einfaches, schmuckloses Mietshaus. Vor dem Eingang sollte mal gekehrt werden.

»Wer ist da?«

»Samuel Brettschneider.«

»Und was wollen Sie?«

»Ich hätte da ein paar Fragen zu ihrer früheren Kollegin Elisabeth Behringer.«

Daraufhin ist es erst einmal einige Augenblicke lang ruhig in der Gegensprechanlage.

»Hallo!?«

»Kommen Sie rauf – in den dritten Stock.«

Der Türöffner verrichtet hörbar seine Arbeit. Ein Aufzug ist nicht vorhanden, also nimmt Samuel die Treppe. Während seiner Dienstzeit ist er unzählige Treppen auf- und abgestiegen. Das stählt den Körper mehr als jedes Fitnessstudio oder dreimal täglich Yoga.

Frau Maier, die in den harmlosen Anfangszeiten in unschuldigen Sexkomödien und hanebüchenen italienischen Sandalenfilmen mitgespielt hatte, sieht mit ihren zirka sechzig Jahren noch ganz proper und attraktiv aus. Man sieht heute noch, warum die Frau früher gerne als Modell gebucht wurde. Um dies zu untermauern, hängen etliche alte Studiofotos an den Wänden. Samuel ist beeindruckt von den Bildern, eine wirklich schöne Frau.

»Sie wollen etwas über Elisabeth Behringer wissen. Warum kommt nach so langer Zeit jetzt die Polizei zu mir?«

»Ich bin kein Polizist, das heißt, ich bin kein Kommissar mehr, ich bin seit Kurzem im Ruhestand. Und, äh, sieht man mir den Polizisten tatsächlich so sehr an?«

»Ich denk, Sie sind mir schon mal aufgefallen, früher, in irgendeiner Bar. Damals ging die Polizei in den Bars ja noch ein und aus. Sie waren mal richtig schnuckelig, habe ich recht?«

Als schnuckelig, also nett und süß, hat sich Samuel selbst noch nie wahrgenommen, aber er nimmt es als Kompliment.

»Setzen Sie sich doch, möchten Sie etwas trinken?«

»Nein danke, ich denke, es wird nicht lange dauern. Frau Maier, Sie haben zusammen mit Elisabeth Behringer in einigen Filmen mitgespielt. Vielleicht können Sie sich noch erinnern, zu welchen Leuten Frau Behringer zu der Zeit Kontakt hatte?«

»Setzen Sie sich trotzdem, bitte. Die Elisabeth«, sinnierte Sie nachdenklich. »Wir waren richtig gute Freundinnen damals. Eine engere Beziehung hatte aber keine von uns, das brachte die Arbeit so mit sich. Zwei Jahre lang waren wir selten lange an einem Ort. Es war eine aufregende Zeit, müssen Sie wissen. Nicht lange nach Elisabeths verschwinden wurde es dann auch um mich ruhiger. Neue Gesichter! Das bringt der Beruf so mit sich. Man ist für kurze Zeit gefragt und schwimmt ganz oben mit, und plötzlich verlangt das Publikum etwas Neues, wie es in der Branche so schön heißt. Das stimmt natürlich nicht. Das Publikum bekommt stets das, was man ihm vorsetzt.«

»Klingt, so wie Sie das sagen, etwas wehmütig, oder?«

»Nein, nein, glücklicherweise habe ich kurz darauf meinen Mann kennengelernt. Ich war ganz froh, als der Rummel um uns langsam weniger wurde. Aber Sie wollten doch über die Elisabeth etwas in Erfahrung bringen, aus dem Grunde sind sie ja zu mir gekommen?«

»Ja, das wäre gut, wenn Sie mir irgendwie weiterhelfen könnten.«

»Wie ich schon sagte, wir waren sehr gut befreundet. Da wir oft zusammengearbeitet haben und man an fremden Orten sonst niemanden kennt, verbindet das fast zwangsläufig. Wir teilten uns das Hotelzimmer, gingen abends oft zusammen aus. Von ihrem Verschwinden hatte ich erst Wochen später erfahren, als ich von einem Dreh aus Italien zurückkam. Da war der Fall schon nicht mehr aktuell, bei den Akten, ein Fall von vielen. Sie sind der erste Polizist, der mich dazu befragt. Leider kann ich Ihnen heute wie damals nicht weiterhelfen. Hätte ich damals irgendeine Idee oder einen Verdacht gehabt, wäre ich zur Polizei gegangen. Ich habe mir sehr lange den Kopf zerbrochen, dass können Sie mir glauben. Paula Maier holt eine Fotografie aus einer Schublade. Das waren wir beide.«

Samuel sieht sich das Bild an. Wie alle jungen Frauen im Nachkriegsdeutschland waren sie schlank und hübsch. Die Frauen hatten noch richtige Frisuren, mit Haarspray in Form gehalten, nicht wie die jungen Frauen heutzutage, deren Haare wie Schnürbänder von den Köpfen hängen.

»Sie sehen tatsächlich wie Schwestern aus«, sagte Samuel, »nur ihre, nun ja ...«

»Weiß schon, was Sie sagen wollen. Elisabeth hatte richtig große, volle Brüste. Das machte sogar einige Mädels an. Zu der Zeit gab es unter den Mädchen weder Busenneid noch Rumgezicke, jedenfalls nicht in dem Ausmaß, wie es heute unter Models und im Musikgewebe üblich zu sein scheint. Wir hatten einfach Freude am Leben und unseren Spaß. Mit den heutigen Models möchte ich nicht tauschen. Im Grunde tun sie mir sogar etwas leid.«

Paula Maier hatte eine nette, unverblümte Art, die Dinge anzusprechen. Samuel geht noch einmal auf das Thema Elisabeth Behringer ein.

»Hatte Frau Behringer vor irgendjemandem Angst, einen sonderbaren Verehrer, jemand, der ihr nachstellte oder sie nicht in Ruhe ließ?«

»Das ist nicht leicht zu beantworten. Wir waren ja quicklebendig. Ständig wurden wir eingeladen und kamen uns damals richtig stark vor. Die Männer liefen uns ja hinterher wie die jungen Hunde. Ein paar Jahre lang bewegten wir uns ganz oben, in den besseren Kreisen und bei den Machern.«

Samuel sieht ihr an, wie sie die damaligen Zeiten vor ihrem inneren Auge Revue passieren ließ, er wartete geduldig ab. Nach einigen Augenblicken sagte sie:

»Da war so ein Fotograf, wenn die Sprache auf den kam, da wurde sie immer ganz still und einsilbig. Mir fiel das damals nicht auf, aber aus heutiger Sicht und wenn sie mich so direkt danach Fragen. Der war auch immer mittendrin in der Szene, die Elisabeth verhielt sich dann ganz anders, wenn der auftauchte. Vielleicht wollte er irgendwelche ekeligen Sachen mit ihr machen. Erzählt hat sie jedenfalls nichts.«

»Immerhin ein Anhaltspunkt. Wissen Sie noch, wer der Fotograf war?«

»Warten Sie mal.« Paula Maier ging zu einer anderen Schublade und nahm ein Schwarz-Weiß-Foto heraus. Sie gab Samuel das Bild. »Kein gestelltes Foto, sondern einfach aus dem Handgelenk heraus gemacht«, erklärte sie.

Wie damals üblich mit Rand und einem Prägestempel des Fotografen versehen. Samuel betrachtete Bild und Stempeldruck, klopfte mit der Karte auf seine Fingerspitzen.

»Können Sie mir die Fotografie für eine Weile überlassen?«

»Die können Sie sogar behalten. Bei mir hat sich so viel angesammelt, und vielleicht finden Sie doch noch etwas über Elisabeths Verschwinden heraus.«

»Hatte sie eigentlich Angehörige«, stellte Samuel eine letzte Frage.

»Ja, hatte sie, ihre Eltern, aber die hatten sie regelrecht verstoßen. Ihr Lebensstiel, können Sie sich ja denken. Die waren katholisch. Das ging aber mehr vom Vater aus, die Mutter war da toleranter. Sie hatten sich immer wieder mal heimlich getroffen. Ja, ich kann mich an die Zeit erinnern, diese Art Stress gab es in vielen Familien. Es war die Zeit der großen Generationskonflikte. Die Alten, noch vom großdeutschen Reich geprägt. Die Jugend dagegen wuchs mit Rock & Roll auf, fuhr mit Autos und Motorrädern durch die Gegend. Das gab es eine Generation zuvor alles nicht, und später noch die langen Haare, da rastete so mancher Vater aus.«

»Tja ich gehe dann mal. Ich danke Ihnen für Ihre Hilfe«, Samuel wedelte dazu mit der Fotografie.

»Auf wiedersehen, Herr Brettschneider. Sie melden sich, falls Sie doch noch etwas herausfinden sollten.«

23. Juli

Wie erwartet war unter der Adresse des Stempeldrucks in der Calwerstraße kein Fotoladen mehr zu finden, sondern ein Italiener. Das passt, es war sowieso kurz vor Mittag. Samuel nahm an einem der kleinen Tische im Freien Platz und brauchte auch nicht lange auf den Kellner zu warten. Italiener sind flink und tüchtig. Spaghetti Bolognese, etwas Salat und ein Stuttgarter Hofbräu. Na ja, nur ein kleines. So ändern sich die Zeiten. So ein Damenbier zu bestellen wäre ihm früher nicht mal im Traum eingefallen. Aber da er ja seit, keine Ahnung, wie vielen Jahren nicht mehr träumt, ist das auch wieder stimmig.

Samuel kennt die Stadt seit Kindertagen. Er schaut sich die Gasse an, wie sie sich heute präsentiert, und hat große Schwierigkeiten, sich gedanklich ein Bild von vor vierzig Jahren zu machen. An ein Fotolabor Faist kann er sich überhaupt nicht erinnern. Von den ehemaligen Bewohnern dieser Gasse wird er hier niemanden mehr finden, so viel steht fest. Damit steht für heute nur noch die Stuttgarter Zeitung auf dem Programm. Ob Lina Auperle noch vorne im Empfang sitzt, denkt er auf dem Weg dorthin.

»Grüß Gott, Herr Brettschneider. Sie waren ja schon lange nicht mehr bei uns.«

»Guten Tag Frau Auperle, gut sehen sie aus.«

»Sie schwätzet ja grad wia mein Arzt.«

»Das natürlich auch, Frau Auperle. Es freut mich, Sie bei bester Gesundheit anzutreffen.«

»Also, Herr Kommissar, was brauchen wie denn heute?«

»Ja, liebe Frau Auperle, ich bin jetzt außer Dienst, was ich möchte, wären die mikroverfilmten Zeitungen von 1971 und 1972, kein exaktes Datum. Ich arbeite an einem alten Fall.«

»Zuerst einmal, Mikrofilm gibt es heute nicht mehr, das wurde alles digitalisiert, wisset se! Des war a Saugschäft.«

»Kann ich mir denken.«

»Des glaub i net! Wir können die Daten an ihre Dienststelle schicken.«

»Das wäre wiederum ein Umweg, ich ermittle privat in einem Vermisstenfall, der vierzig Jahre zurückliegt.«

»Privat, aus persönlichem Interesse?«

»So in etwa.«

»Aha! Dann, Herr Brettschneider, bringen Sie mir einen USB-

Stick, dann kann ich ihnen »privat« die Daten draufladen. Wer wurde denn vermisst?«

»Eine junge Frau, ist nie wieder aufgetaucht.«

»Da hilft man doch gerne, also bis dann, Herr Brettschneider.«

»Bis dann.«

Samuel macht sich auf die Suche nach dem nächsten Elektronikshop.

Da Samuel keine genauen Anhaltspunkte hat, außer dem Datum des Verschwindens der Frau, am 3.4.1972, fängt er bei diesem Datum an zu suchen. Wie erwartet sind die Informationen ziemlich dünn. Ein knapper Polizeibericht und ein kurzer Artikel der Lokalredaktion mit dem Tenor: Es handele sich bei der Vermissten um eine Tänzerin, die in einschlägigen Lokalen aufgetreten ist, sodass jeder Leser zwischen den Zeilen ein verruchtes Weibsbild vermuten kann und dass so eine selber schuld ist.

Die bekannte Vermisstenanzeige ist natürlich auch abgedruckt, mit dem Hinweis, dass die Frau von mehreren Zeugen zuletzt in oder in der Nähe der Calwerstraße gesehen wurde. Die Leute erinnerten sich an Elisabeth Behringer, weil die Frau hauptsächlich wegen der überwiegend Lokalen Werbekampanien doch einen gewissen Bekanntheitsgrad hatte. Sie hatte ja auch immer mal wieder für Werbeaufnahmen Model gestanden, und damit hatte ihr Gesicht einen hohen Wiedererkennungswert.

Nun denn! Frau Auperle hat die Zeitungsausgaben von 1970 bis 1973 auf den Stick geladen, sehr nett von ihr. Für Samuel begann nun eine mühselige Recherchearbeit mit viel Kaffee, müden Augen, Rückenverspannungen und der Frage, ob er sich da nicht doch zu viel aufgehalst hat. Samuel fängt mit der ersten Ausgabe von 1970 an, wenn er sie schon vorliegen hat, warum auch nicht. Er findet alle drei Monate eine Anzeige des Fotostudios Faist. »Weibliche Modelle für seriöse Erotikfotoaufnahmen und Webefotos gesucht.« Anschrift und Telefonnummer. Ab Mitte 1971 hörten die Anzeigen auf. Dieser Dieter Faist könnte also ein seriöser Erotikfotograf gewesen sein, ein kleines Ferkel oder eine große Drecksau. Man wird sehen. Man wird auch sehen, ob sich der gute alte Sammy so richtig auf dem Holzweg befindet.

Fast wie erwartet gab die Zeitungsrecherche nicht mehr viel her. Alles, was er herausfand, war, dass in den Jahren 71 bis 73 noch weitere junge Frauen als vermisst gemeldet worden sind, meist von Kolleginnen oder Freundinnen. Also Frauen, die weder von Familien oder Verwandten vermisst wurden. Doch es waren durchaus keine außergewöhnlich hohen Zahlen, sondern sie lagen über die Jahre gesehen im Rahmen des Üblichen.

Das heißt, eine bestimmte Anzahl Menschen verschwinden statistisch innerhalb eines bestimmten Zeitraums. Über die Jahre gesehen ist das dann eine Konstante. Also Normal. Das kann eigentlich nur bedeuten, dass Elisabeth Behringer ein Einzelfall war, und schließt mit großer Wahrscheinlichkeit aus, dass zu jener Zeit eine Organisation tätig war, die es auf Entführungen zwecks Frauenhandel oder Lösegeldforderungen abgesehen hatte.

Einzig was Samuel dann doch etwas stutzig macht, ist die Tatsache, dass sich die Zahlen zwar innerhalb des langjährigen Rahmens befinden, aber eben doch Konstant über drei Jahre lang am oberen Ende lagen. Als ehemaliger Polizist hat er die Zahlen im Kopf, da muss er nirgendwo nachschlagen. Faist ist im Moment also Samuels einzige Spur, der er nachgehen kann. Der Zusammenhang, das Fotolabor in der Calwerstraße und das letzte Lebenszeichen der Elisabeth Behringer in der Calwerstraße, lässt wenig Spielraum für einen Zufall.

Samuel ruft daraufhin einen Kollegenfreund an, ob er ihm Informationen über Dieter Faist besorgen könne. Ob nach so langer Zeit noch Informationen über den Mann auffindbar sind, ob irgendetwas gegen ihn Vorlag, ob er Angestellte hatte. Eben alles, was sich über Faist noch herausfinden lässt.

»Du weißt, dass ich dazu nicht berechtigt bin.«

»Weiß ich. Aber es geht hier möglicherweise um einen alten unaufgeklärten Mord. Wenn ich Licht in die Sache bringe und es zur Klärung kommen sollte, kriegst du die Orden, na was sagst du?«

»Schön, ich schau mal, was ich machen kann, aber es kann etwas dauern.«

»Ich weiß, ich verlasse mich auf dich. Ciao Mario.«

»Ciao Sammy.«

Samuel kann im Augenblick nicht mehr machen als abzuwarten, ob Mario etwas herausfindet. Er sucht dann tags darauf Kino-Charlie auf. Der hatte ihm auf den Anrufbeantworter gesprochen.

»Ich habe mir die drei Filme, die mit der Behringer gedreht wurden, nochmals angesehen. Sie spielte stets das Gleiche, den sexy Part, die wurde wohl als Schnuckelchen unter den Filmemachern und Fotografen herumgereicht. Da kommt es schon mal vor, dass ein Fan mehr will als ein Autogramm. Den Stars und Sternchen wird zum Teil massiv nachgestellt. Das geht manchmal bis in die Hotelzimmer.«

»Das habe ich mir auch gedacht, dass es in diese Richtung gehen könnte. Aber trotzdem sind das alles nur Vermutungen. Ich suche immer noch nach etwas Handfestem.«

Samuel erzählt seinem alten Freund die Erkenntnisse, die die Calwerstraße betreffen.

»Ah, der Faist«, sagte Charlie gedankenverloren. »Der hatte tatsächlich so einen Ruf, der hatte paar Mal Kontakt mit der Sitte, die es damals noch gab.«

»Also doch ein heißes Eisen?«

»Bleib da mal dran, der Faist hatte auch Kontakt zu den Amerikanern, als hier in und um Stuttgart noch die G.I.'s stationiert waren. »

»Und?«

»Ja, da war noch etwas, der Faist hatte einen Laborantenlehrling. Der blieb ihm auch nach Beendigung der Lehre erhalten, und der hat dann ab 1980 oder 1981 den Betrieb weitergeführt.«

»Und der Faist?«

»Ging in Ruhestand, betrieb aber immer noch so eine Star-Foto-Agentur, wie sie sich nannte. Machte in Bildern von Stars in peinlichen Situationen. Aber auch immer noch Fotos von Starlets und auch unbekannten jungen Frauen, vorzugsweise unbekleidet und auch gefesselt in unbequemen Stellungen. Dieser Trend kam wie alles aus den USA. Vorzugsweise in den Vierzigern und Fünfzigern war es ein verbreitetes Phänomen bei den Amerikanern, ihre Ehefrauen oder Freundinnen in Unterwäsche gefesselt zu fotografieren. Die Leute stellten einfach das nach, was sie in den frühen Comicheften jener Zeit zu Gesicht bekamen. In Deutschland bekamen die prüden Amerikaner etwas von Faist, das es zu dieser Zeit in den USA so noch nicht gab. Völlig nackte Mädchen, manchmal mehr oder weniger pervers verschnürt. Faist hatte sich einfach an den amerikanischen Magazinen und den Fotos der »Ehefrauen« der G.I.s orientiert und die Wäsche weggelassen.

So, also mehr kann ich dir auch nicht sagen, das war alles, was ich über Faist so weiß.«

Pervers gefesselt, kritzelte Samuel in seinen Notizblock. »Du hast mir damit schon sehr geholfen«, sagte Samuel und klappte seinen Notizblock zu.

Der Nebel lichtete sich, aber ob das soeben Gehörte etwas mit dem Verschwinden der Behringer zu tun hatte, blieb die Frage. Der einzige echte Hinweis ist immer noch, dass die Frau zuletzt in der Calwerstraße gesehen wurde.

Charlie macht die Flasche Wein auf, die Samuel mitgebracht hatte und legt einen Sandalenfilm mit Elisabeth als Tempeltänzerin ein. Zwischen Kämpfen und Feindseligkeiten gibt es zur Auflockerung immer mal wieder Tanzeinlagen. Mal sechs, mal acht Damen mühen sich vor dem Herrscher und der Herrscherin mit ihren Tänzen ab, wobei sich Elisabeth stets nach vorne in die erste Reihe wackelte, um sich ins rechte Licht zu setzen.

Der Abend bricht herein und man gleitet ins Private ab. Die Männer reden nun über die alten Zeiten. Vieles, was schon vergessen war, kommt wieder an die Oberfläche und bringt die beiden oft zum Lachen. Es wurde spät.

29. Juli nach Dienstschluss

Mario Benussi ruft bei Samuel an.
»Brettschneider!«
»Hallo Sammy, ich bin's Mario.«
»Gut dass du anrufst. Hast du was herausgefunden?«
»Viel ist es nicht. Ein alter Kollege, der früher bei der Sitte war, hatte mit Dieter Faist noch zu tun. Faist war ein regelmäßiger Kunde. Verführung Minderjähriger zu unzüchtigen Handlungen und unzüchtigen Zurschaustellungen. Verbreiten von unzüchtigem Bildmaterial, eigentlich die ganze Palette.
»A bisserl viel Unzucht bei Faist im Hinterzimmer! Und zu der Person Faist selbst?«
»Seine Eltern und Vorfahren waren Bauern. Nördlich von Stuttgart, etwas abgelegen. Die Eltern und der ältere Bruder verunfallten tödlich. Die drei sind in ihrer Scheune verbrannt. Daraufhin erbte Dieter Faist 1957 den gesamten Besitzstand, führte die Landwirtschaft aber nicht weiter, sondern verkaufte oder verpachtete die Ackerflächen. Den Hof hatte er sich dann über die Jahre zu einem richtigen Landsitz umbauen lassen, inklusive eines großen Studios. In den Sechzigern war er ja schon ein bekannter Fotograf, trotz seines Rufs, oder gerade deshalb lief es mit seinen Geschäften recht gut. Seinen Fotoladen in der Calwerstraße hatte er dann 1980 abgegeben.«
»Ja, das war mir bekannt.«
»Das ist im Grunde alles. Mit richtig schweren Delikten ist er jedoch nie in Zusammenhang gebracht worden.«

»Danke Mario, wir sehen uns, mach's gut.«
»Du auch, Ciao.«

Samuel beschleicht so ein Gefühl, dass er sich da in irgendetwas versteigt. Dieter Faist scheint zwar ein schmieriger Typ, aber darüber hinaus kaum mehr als ein harmloser Spinner gewesen zu sein.

Er muss nachdenken. Samuel hat ein nettes Plätzchen in einem der Straßenkaffees in der Calwerstraße okkupiert. Man muss das Wetter ausnützen, solange die Sonne noch kräftig scheint, ist seine Devise. Er beginnt nachzudenken, nur um eine halbe Stunde später zu dem Schluss zu kommen, dass er im Grunde nicht weiter ist als am Anfang.

3

Rückblende

Auf dem Weg zum erfolgreichen Model. Elisabeth Behringer hat einen Fototermin bei einem Fotografen ergattert, der laut Eigenwerbung so ziemlich alles macht: Mode, Werbung, Erotik, Künstlermappen.

»Bass auf Lissy!«

»Ich heiße Elisabeth!«

»Ja klar, also Lisbeth. Da gibt's feine Unterschiede zwischen erotischen Nacktfotos und der Sexfotografie. Die erotische Nacktfotografie ist eine hohe Kunst. Da werden eine oder mehrere nackte Mädchen in künstlerischen Posen abgelichtet. Da derf man net Hudeln!«

»In Posen? Aber das ist doch irgendwo in Polen, oder?«

»Posen Mensch, hör zu, was ich sage! Ein Mädchen stellt sich in Positur. Das heißt, sie steht beispielsweise nackt am Kamin und tut so, als könnte sie lesen, ich meine, tut so, als würde sie ein Buch lesen. Oder, ein hübsches Motiv ist eine nackte Dame, die mit Golferhandschuhen und hochhackigen Pumps bekleidet ist und sich auf einen Golfschläger stützt und dabei ihren Hintern nach hinten reckt und schön hoch anhebt. Das ist dann schon sehr künstlerisch.«

»Ja, und Sexfotos? Das ist doch dasselbe, oder?«

»Nein, natürlich nicht! Das ist etwas ganz anderes. Solche Bilder kann man sich nicht im Büro an die Wände hängen oder in der Zeitung drucken. Sex ist in der englischen Sprache das Wort für Geschlecht. Du legst dich auf den Boden oder auf diese Liege hier, machst die Beine so richtig weit auseinander und der Franzl, mein Mitarbeiter, fotografiert dich dann von innen und außen. Ich sage es dir gleich, die Leute mögen lieber Sexfotos, denn das ist auch eine hohe Kunst. Das ist die ganz große Kunst der Verführung! Das macht den Leuten Gefühle, und sie sind dann ganz verliebt in das Model, verstehst du. Hunderte oder tausende Männer und auch Frauen werden sich in dich verlieben. Na? Ist das was? Was sagst du?«

»Frauen werden sich in mich verlieben?«

»Ja, na klar, so etwas gibt es. Wusstest du das nicht?«

»Doch, doch«, log Elisabeth und war dennoch ziemlich verwirrt.

»Also gut, wir fangen dann mal mit der erotischen Kunst an. Du warst doch sicher schon mal in einer Kunstausstellung alter Meister, Goya und so?«

»Na klar!«

Toni Zirner glaubte ihr trotzdem nicht.

»Gut, zieh dich aus.«

»Alles?«

»Ja, natürlich alles.«

Lisbeth, die noch vor kurzem Elisabeth war, zog sich aus, wie sich ein Bauernmädel eben auszieht. Toni und Franzl verdrehten die Augen und sogen hörbar die Luft ein. Oh je, dachten beide, da haben wir noch jede Menge Arbeit.

»Warte mal, du hast einen ziemlich großen Busen und der BH ist gar nicht so schlecht, weiß, aber nicht übel. Den BH lässt du vorläufig mal an.«

Elisabeths Vollkörbchen waren ihr in den letzten paar Wochen wohl etwas zu klein geworden. Ihre Brustansätze sind rundherum sichtbar, nun ja, nicht direkt. Der Blick fällt auf zwei nette, hingequetschte Busenschwimmringe. Sieht so aus als würden Elisabeths Brüste das lästige Wäschestück jeden Moment wegsprengen. Ihre Dinger sind kaum zu bändigen.

»Zupf deine Schamhaare etwas zurecht, sodass sie ein schönes, gleichmäßiges Dreieck bilden. – Nun stell dich mal so hin, bewege dich nach links, lächeln, zeig mir deine Zähne. Schöne Zähne. Jetzt halte deine Hände unter die BH-Schalen, gut so, etwas anheben, sehr schön. Dreh dich zur Seite, drück den

Oberkörper etwas nach vorn – und jetzt wieder zurück. Sehr gut. Dreh dich halb zu mir. Schiebe jetzt das Becken vor, noch mehr, okay. Zieh den BH aus, lass ihn am Träger an deinem ausgestreckten Zeigefinger baumeln. – Okay, Pause, ich muss einen neuen Rollfilm einlegen.«

Elisabeth fängt an, sich zu schämen. Nicht weil sie völlig nackt dasteht, das macht ihr überhaupt nichts aus, im Gegenteil. Es ist die Vorstellung von Dutzenden oder Hunderten von Männern und vielleicht auch von einigen Frauen, verliebt angesehen zu werden. Sie geniert sich, weil es bei dem Gedanken, von Leuten nackt betrachtet zu werden, zwischen ihren Schenkeln ziemlich feucht geworden ist und dass das dem Herrn Zirner auffallen könnte.

Ein neuer Film ist eingelegt und Toni Zirner sagt:

»Setz dich jetzt auf den Barhocker.«

Verdammt, ausgerechnet auf den Lederbezogenen Barhocker. Elisabeth schwant, dass sie die schmale Sitzfläche jetzt ziemlich verschmieren würde.

»Halt, warte mal. Toni Zirner reicht ihr ein Taschentuch. Mach dich erst mal zwischen den Beinen trocken oder besser, du legst das Tuch direkt unter.«

Elisabeth war so was von verblüfft, dass sie die beiden Aufforderungen unverzüglich befolgte. Der ist ja richtig nett und hat so viel Verständnis für uns Frauen, ist sich Elisabeth jetzt sicher.

Toni war natürlich schon nach wenigen Augenblicken aufgefallen, dass die kleine, geile Elsbet ein Naturtalent ist.

»Du bist ein Naturtalent«, sagte er, »eine große Künstlerin. Du wirst ganz groß rauskommen.«

Elisabeth wurde gleich wieder rot und rubbelte vorsorglich nochmals unaufgefordert zwischen ihren geöffneten Schenkeln herum. Das läuft aber auch, was sollten nur der nette Herr Zirner und sein Gehilfe Franzl von ihr denken.

Zirner bekräftigte nochmals, dass sie ganz groß rauskommen wird. Zirner wird Recht behalten, für die kommenden zwei Jahre jedenfalls.

8. August
Ein Hinweis, der 40 Jahre lang im Verborgenen lag

Samuel war früh aufgestanden. Gedankenverloren knabbert er an seinem »Gsälsbrot« herum. Die kleine Pinnwand, die er für »seinen Fall« aufgestellt hat, vor sich im Blick. Für die wenigen Hinweise genügte das kleine Brett vollauf. Er ist drauf und dran, sich einzugestehen, dass hier Ende ist. Es gibt keine weiteren Spuren, es ist einfach zu lange her. Samuel will es sich nicht eingestehen, noch nicht, aber irgendwann, heute oder morgen, wird er es wohl akzeptieren müssen.

Das Radio spielt die alten Songs, die Balladen und den Rock aus jener Zeit, die auch seine Zeit war. Die Sechziger, die Siebziger des letzten Jahrhunderts. Im Grunde war's vielleicht das, warum er glaubte, sich dieses Falles annehmen zu müssen. Könnte ja sein, dass er und die vermisste Frau irgendwann einmal in derselben Disco auf derselben Tanzfläche getanzt hatten. So abwegig ist das ja nicht. Es war eine abgefahrene Zeit.

In vielen Lokalen spielten Rock- und Popgruppen noch von Hand die Songs der angesagtesten Bands nach. Schüler und Lehrlinge gründeten Gruppen und machten nachts an den Wochenenden mit ihrer Musik aus vollen Kneipen und Hallen wahre Hexenkessel. Nicht nur die Gruppen, die für ein Bier und ein Essen die Stücke der Stones oder der Animals nachspielten, sondern auch die großen der Musikszene, die noch heute gehört werden, tingelten damals gerne durch Süddeutschland. In dieser Zeit entstanden auch die ersten Discos. Die Jugend war nicht zu bändigen und veränderte Kultur und Gesellschaft nachhaltig.

Samuels Blick wandert zu dem Bild mit den beiden Freundinnen. Er schaute es sich nochmals genauer an. Da sind die zwei Frauen mit lachenden Gesichtern. Die zwei sind gut drauf, das sieht man, vielleicht etwas überdreht. Hinter den beiden betrat offenbar genau in dem Augenblick ein Mann durch eine Türe den Raum. Er schaut über die Schulter nach hinten, in das Zimmer, aus dem er gerade heraustritt. Der Hintergrund ist nicht sehr deutlich und nur schemenhaft. Die Kamera von Dieter Faist war offenbar auf die Frauen fokussiert. Samuel holte sich eine Lupe, um den Mann genauer zu betrachten. Es gibt nichts Auffälliges an ihm zu sehen. Er trug normale Kleidung, hatte keinerlei Gegenstände bei sich. An dem typischen Haarschnitt der US-Truppen identifizierte Samuel den Mann mit großer Wahrscheinlichkeit als den amerikanischen Streitkräften zugehörig.

Knapp neben dem Mann, im Hintergrund des Zimmers erkennt Samuel mit etwas Fantasie eine schmale Gestalt. So etwas wie eine Alabasterfigur nur größer. Eine Statue vielleicht. Samuel begann zu grübeln, könnte auch eine weibliche Person sein, mit hochgereckten Armen.

Er beendete sein Frühstück, trinkt den Kaffee aus und nimmt die Fotografie von der Wand. Dann macht er sich auf den Weg, um Michael Fischer, den Ex- Kollegen aus dem Labor, aufzusuchen.

»Nett, dass du mich nach so kurzer Zeit schon besuchen kommst, kannst wohl nicht loslassen, Sammy?«

»So ähnlich, aber anders, als du denkst.«

»Habe es schon gehört. Du bist immer noch irgendwie im Dienst, mutierst wohl zum Privatermittler. Alle Achtung, in deinem Alter!«

»Was soll das heißen, in meinem Alter?«

»Also, was gibt's denn?«

»Ich habe hier eine vierzig Jahre alte Fotografie, ganz und gar belanglos eigentlich. Die linke Frau auf dem Bild ist bis heute spurlos verschwunden. Da im Hintergrund, neben dem Typ, da ist so eine Gestalt, auf die ich mir keinen Reim machen kann. Würdest du ...?«

»Ich schau's mir mal an. Du könntest ruhig mal wieder zum Grillplatz kommen. Wir treffen uns am Samstag wie immer. Wird vielleicht das letzte Grillen in dieser Saison sein, also denk dran.«

»Gut, ich werde daran denken. Meinst du, du könntest morgen schon etwas Genaueres sagen?«

»Komm einfach am Abend zu mir nach Hause, okay! Sandra wird sich sicher freuen, wenn du wieder mal zu Besuch kommst.«

»Okay!«

Am Abend gab Sandra Fischer Samuel die Hand.

»Schön dass sie uns mal wieder besuchen. Ich habe gerade Kaffee gemacht, möchten Sie?«

»Sehr gerne.«

Samuel weiß, dass die Frau des Laboranten einen prima Kaffee macht. Kaffee das einzige, womit man ihn bestechen kann. Samuel setzt sich auf den angebotenen Platz. Nach wenigen Augenblicken kam Frau Fischer mit dem Kaffee und einem Teller mit ihren selbst gebackenen Plätzchen aus der Küche zurück.

»Michael wird gleich kommen, er ist noch im Badezimmer. Wie geht's Ihnen im Ruhestand?«

»Danke, mir geht's gut, eigentlich zu gut.«

»Wie soll ich das denn verstehen?«

»Genau so. Mir fehlt nichts, ich bin voll beweglich, wenn ich das so sagen darf. Wenn ich an meine Altersgenossen denke, die allesamt über irgendetwas klagen, fühle ich mich irgendwie nicht zugehörig.«

Bevor Frau Fischer darauf etwas erwidern kann betritt Michael das Wohnzimmer. Er setzt sich und seine Frau stellt auch ihm eine Tasse Kaffee hin. Sie reden eine Weile miteinander, bis die Tassen geleert sind, dann sagt er zu seiner Frau:

»Entschuldige uns mal für eine Weile, Schatz. Ich muss mit Sammy etwas besprechen. Wir gehen kurz in mein Arbeitszimmer.«

»Ja, geht nur, ich werde so lange noch mal Kaffee kochen.«

»Wir sind gleich wieder zurück, Schatz.«

»Nun Michael, was hast du mit der Fotografie erreichen können?«

»Was auf dem Bild zum Vorschein kam, könnte sich als eine Riesensauerei herausstellen. Ich habe es vergrößert und mit dem Computer bearbeitet. Im Hintergrund befindet sich eine nackte Frau. Das allein wäre ja nichts Besonderes, aber die Frau ist geknebelt. Ihre Handgelenke sind zusammengefesselt an einer Kette hochgezogen. Die Frau steht vollkommen gestreckt oder hängt an dieser Kette. Dem Blickwinkel nach würde ich sagen, die Frau hängt einige Zentimeter über dem Boden.«

Samuel war sichtlich geschockt. So etwas hatte er nicht erwartet.

»Wenn es sich da nicht um einen lustigen Sadomaso-Spielclub gehandelt hatte«, sprach Michael weiter, »würde ich die Situation so deuten. Ein Interessent hat die Ware in Augenschein genommen und begutachtet. Ich tippe auf Letzteres. Die Sadomasoclubs waren ja in jener Zeit kein Massenphänomen. So weit oder so dekadent war die Gesellschaft noch nicht. Man jagte dem Geld oder der gesellschaftlichen Stellung hinterher.«

Samuel nimmt die Fotografie und die computerbearbeitete Vergrößerung von Michael entgegen. Dann sitzen sie noch einige Zeit im Wohnzimmer zusammen. Aber so richtig gelöst wird die Stimmung dann nicht mehr. Nachdem Samuel wieder gegangen war, kommt Michael nicht umhin, seiner Frau einige Andeutungen zu machen. Sammy wäre da einer ganz bösen Sache auf der Spur.

Wieder zu Hause geht Samuel daran, sich die Dinge um das Foto zusammenzureimen. Die beiden Freundinnen waren erst mal ganz normale Modelle. Wie dutzende andere auch posierten sie für Zeitschriften, Werbung oder Magazine. Als die Türe zu dem Nebenraum geöffnet wurde, hatte Dieter Faist wohl den anwesenden Interessenten schlicht vergessen. Er reagierte schnell, indem er den Mädchen zurief, Achtung, lächeln bitte, oder so etwas in der Art, um die Aufmerksamkeit der beiden von der für einen Augenblick geöffneten Türe abzulenken. Und jetzt kommen ihm auch die Worte von Paula Maier »aus dem Handgelenk heraus fotografiert« plausibel vor. Das passt zusammen.

Samuel hat in letzter Sekunde den Haken, nach dem er gesucht hatte, gefunden. Er beschließt, Paula Maier nochmals aufzusuchen.

Rückblende
Der Schrecken

Elisabeth Behringer wird geradezu überrollt davon, dass sie schon nach so kurzer Zeit immer wieder als Model gefragt ist. Sie hat wohl das Gesicht, das in die Zeit passt. Im Augenblick befindet sie sich nun schon zum dritten Mal auf Dieter Faists Anwesen, nördlich von Stuttgart, um für einige Webeaufnahmen Model zu stehen. Darüber, warum Faist gerade sie bevorzugt, macht sie sich keine Gedanken.

Dieter Faist ist mal wieder viel beschäftigt. Im Moment wirkt er sehr hektisch, läuft mit Unterlagen und Papieren im Haus und dem angrenzenden Studiogebäude hin und her. Sie solle sich doch bitte noch etwas gedulden! Elisabeth setzt sich und wartet, ihr Blick schweift umher, bleibt dann an einer Fotomappe hängen. Colonel / Kentucky steht oben drauf, mehr nicht. Sie zögert eine Weile, doch dann greift sie nach der Mappe.

Eigentlich tut man so etwas nicht. Elisabeth schaut sich um, nichts zu hören. Sie öffnet den Deckel, Schwarz-Weiß-Bilder in einem Format, wie man sie von Kinoschaukästen her kennt. Die Bilder stürzen geradezu auf sie ein. Da ist das uneinsehbare Gelände hinter dem Haupthaus, umrandet vom Studio und alten Mauern, die an mittelalterliche Burgmauern erinnern. Mitten auf dem Platz kauert eine mehr oder weniger nackte Frau, über einem niederen Gestell festgeschnallt. Das Gestell sieht aus, wie nur für diesen Zweck gemacht. Sie trägt offenbar ein einziges

Kleidungsstück, eine schwarze Uniformjacke, einer SS- Uniform nicht unähnlich. Um die Frau herum stehen Soldaten mit angeleinten Schäferhunden. Wäre da nicht die abstoßend festgeschnallte Frau, könnte man ohne Weiteres an eine Rettungshundestaffel denken.

Elisabeth kann nicht anders und steckt ihren Zeigefinger zwischen die Großfotos, um noch einen Blick auf die unteren Bilder zu erhaschen. Was sich ihr offenbart, lässt sie kreidebleich werden. Schnell schließt sie die Mappe wieder und legt sie vorsichtig an den ursprünglichen Platz zurück. Sie sieht sich angstvoll um, dann wechselt sie schnell auf den am weitesten entfernten Sessel.

Elisabeth weiß nicht was sie davon halten soll. Dieter Faist hat wohl ein sehr breites Kundenspektrum. Elisabeth wird sich von nun an etwas distanzierter gegenüber Faist verhalten.

»Okay, wir können anfangen«, ruft Faist bei seinem Eintreten.

4

11. August

Paula Maier kann sich tatsächlich an nichts anderes erinnern als an die Fotostrecken, die Faist mit ihnen gemacht hatte. Harmlose Illustrationen, Mädchen auf der Wiese, Mädchen am Bach, später noch Werbeaufträge für Bekleidung oder Schuhcreme. Als dann später vermehrt Nacktaufnahmen für Herrenmagazine gemacht wurden, blieben die Werbeaufträge aus. Den Mädchen war's egal. Das Leben machte Spaß, sie dachten nicht an Morgen und an Übermorgen schon gar nicht.

Paula Maier ist dann doch schockiert, als Samuel der Frau eröffnet, dass der Kontakt zu dem Fotografen doch nicht so harmlos gewesen ist. Ohne bis ins Detail zu gehen, spricht er von Mädchenhandel. Sagt ihr aber auch, dass beide durch die Ablenkung für das vermeintliche Situationsfoto nicht Augenzeugen der Vorgänge in dem Nebenzimmer wurden. Das hatte ihnen wohl das Leben gerettet, wenn auch Elisabeth vermutlich nur vorübergehend, bis zu ihrem Verschwinden.

Frau Maier beschreibt ihm noch das Landhaus mit Studio und Nebengebäude, was früher einmal der elterliche Betrieb war. Sehr anspruchsvoll und elegant, aber etwas abgelegen. Was dem Fotografen Faist wohl wiederum sehr gelegen kam, denkt Samuel bei sich.

Gegen Abend desselben Tages meldet sich noch Michael Fischer bei Samuel.

»Michael«, meldete er sich. »Hör mal. Ich und der alte Carl Postel, der früher bei der Sitte war, haben nach dem, was du herausgefunden hast, nochmals nachgeforscht. Ich denke, wir sollten uns im Rappen treffen, wie früher üblich nach acht.«

Mit den Jahren sind die Kneipenbesuche aus unterschiedlichen Gründen immer weniger geworden. Aber gelegentlich trifft man sich noch, wie heute beispielsweise. Die Getränke werden gebracht, wie schon seit ewigen Zeiten von der netten Sonja, die inzwischen zur Ehefrau und Chefin avanciert ist.

»Auch mal wieder da. Man sieht euch ja nur noch, wenn eingebrochen wurde oder ein Gast glaubt, er muss den dicken Max markieren.«

»Ja, tut uns Leid«, antwortet Michael stellvertretend für alle. »Aber du hast recht! Wir treffen uns heute ausnahmsweise einmal dienstlich.«

»Ihr tut mir Leid! Alle drei!«

»Wir sind zu viert.«

»Der Carl zählt nicht, der hatte immer den lustigsten Job mit seinen Nutten und so.«

»Ist da was dran?«, bemerkte Mario. »War dein Job, ich meine dein Dienst mit den Nutten wirklich immer so lustig?«

»Kann man sagen. Ich kannte jedenfalls jede einzelne beim Namen.«

Natürlich ist das nicht einmal nur leicht übertrieben, das wissen alle. Das Gewerbe mit all seinen schmuddeligen Auswüchsen ist einfach zu unübersichtlich.

»Also«, sagt Mario, als die nette Sonja wieder weg ist. »Der Faist hatte es wirklich verstanden, Spuren zu verwischen. Bis auf seine Ferkeleien war er stets ein unbeschriebenes Blatt.«

»Was man dann schon wieder als perfekte Tarnung bezeichnen könnte«, fügte Michael an. »Wer sich als Schmutzfink outet, der hat zwar seinen Ruf weg, wird aber nach einiger Zeit kaum noch beachtet und als harmloser Spinner abgetan. Der Faist ist ja schon vor einigen Jahren eines natürlichen Todes gestorben, den kann keiner mehr belangen.«

»Aber die Verbindung zwischen Faist und seinem Lehrling und Nachfolger ist niemals abgebrochen«, übernimmt nun wieder Michael. »Die zwei haben bis zuletzt zusammengearbeitet. Da stellt sich natürlich die Frage, war Faist ein Satan in Menschengestalt und Sean Harris sein satanischer Lehrling? Oder hat der Lehrling den Meister erst so richtig auf den Weg weitergehender Perversionen gebracht? War vielleicht Harris die treibende Kraft? Nutzte Harris das Schmuddelpotenzial des Älteren, um seine eigenen kriminellen Neigungen auf eine bessere, oder besser gesagt eine breitere Basis zu stellen? Ich halte das durchaus für möglich, wenn nicht gar für wahrscheinlich.«

Es tritt einige Augenblicke lang allgemeines Schweigen ein.

»Sean Harris«, fährt Michael fort, »ist Halbamerikaner. Sein Vater ist längst zurück in den Staaten, er hatte sich nach zwei Jahren Ehe von Seans Mutter scheiden lassen.«

Nun führen abwechselnd Mario und Michael die Fakten auf: »Geboren wurde Harris 1951. Als er den Fotoladen übernahm, möglicherweise pro Forma, war er also neunundzwanzig Jahre alt. Zum Zeitpunkt von Elisabeth Behringers verschwinden am 3.4.1972 war er so alt wie sie, einundzwanzig Jahre. Wahrscheinlich kannten sie sich.«

»Zum Fotoatelier gehörte auch ein geschlossener Lieferwagen, den konnte man sicherlich leicht und unauffällig zum Transportieren der Behringer oder noch weiterer Frauen verwendet haben«,

»So langsam ergibt sich ein Bild.«

»Und was das Verrückteste an der ganzen Sache ist: Der Faist hatte ja weder Kinder noch nahe Verwandte, und sein Lehrling Harris lebt heute noch in diesem Landhaus. Ob gekauft oder geerbt, das lässt sich herausfinden. Die Eigentumsfrage ist dabei aber weniger wichtig. Dagegen allerdings ist die letzte und wichtigste Frage, die noch bleibt: Ist Harris noch im Geschäft, und wie sehen diese Geschäfte aus? Frauenhandel, Snuff Movies? Treibt ihn der reine Profit oder betreibt er die Geschäfte auch um seine eigenen perversen Neigungen auszuleben?«

»Alles reine Spekulation, ohne echte Handhabe, aber mit einer gewissen Logik.«

»Sollten sich Fakten ergeben, müssen natürlich die Dienststelle und der Chef informiert werden.«

»Wie geht es nun weiter?«, ergreift nun auch Samuel das Wort.

»Wir sollten Haus und Grundstück unter die Lupe nehmen. Das ist aber aufgrund seiner Lage nicht ganz einfach. Das lässt sich nicht mal eben so von einem Nachbarhaus oder einem Wagen aus observieren« sagt Mario, »und ein Einbruch scheidet aus rechtlichen Gründen sowieso aus.«

»Auf der Westseite grenzt doch der Staatswald ziemlich dicht an das Grundstück«, schlägt dann Carl Postel vor. »Mein Vetter Josef ist Förster. Wenn ich ihm die Lage schildere, hat der sicher Verständnis und unterstützt uns, besonders weil's auch um Menschenleben gehen könnte. Vetter Josef ist bestimmt in der Lage, eine Försteruniform zu stellen. Da fällt dann auch ein Fernglas nicht weiter auf. Du bist der Einzige von uns, der rund um die Uhr Zeit hat.«

Alle drei schauen gespannt auf Samuel.

Der spart sich den Einwand, dass Rentner grundsätzlich nie Zeit haben. Schließlich war er es ja, der die Sache angeleiert hatte.

»Tja, das habe ich mir in gewisser Weise selber eingebrockt, ich werd's wohl übernehmen müssen.«

»Gute Entscheidung«, sagt Carl, »ab Morgen bist du auf der Pirsch! Sonja, vier Jägermeister!«

Rückblende, 3.4.1972
Der Tag, an dem das Fotomodel und Filmsternchen Elisabeth Behringer von der Bildfläche verschwand.

An jenem kühlen 3. April machte sich gegen 18 Uhr 30 die hübsch und mollig warm eingepackte Elisabeth Behringer auf den Weg in die Calwerstraße, um sich ihren Lohn für die Studioaufnahmen für ein bekanntes Herrenmagazin abzuholen.

1972 hatten die allerwenigsten Menschen so etwas wie ein Girokonto bei einer Bank. Löhne und Gehälter wurden fast überall noch in bar ausbezahlt, und auch der Warenverkehr und der Handel erfolgte weitestgehend mittels Bargeld. Der Mann von Welt, wie es damals so hieß, trug ein Scheckheft mit sich herum, das war es dann aber auch schon im Großen und Ganzen.

Was die hübsche, unbeschwerte Elisabeth nicht ahnen konnte, Faist hatte sich bereits, als sie das erste Mal für harmlose Illustrationen für Jugendbücher vor der Kamera stand, in die junge Frau verliebt. Wie auch immer Faists Vorstellung von Liebe ausgesehen haben mochte. Spätestens an dem Tag, an dem er die letzten Nacktaufnahmen mit Elisabeth in seinem Studio machte, hatte er beschlossen, sie zu seiner Nr. 3, zu seiner dritten Frau zu machen. Was allerdings für seine aktuelle, zweite Frau sehr dramatische Folgen und Auswirkungen haben sollte. Sie wurde entfernt.

Faist war an dem Tag, kurz vor Ladenschluss, allein in seinem Geschäft. Er bat Elisabeth in das Hinterzimmer. Elisabeth hielt trotz ihrer Modelarbeit stets eine gewisse Distanz zu ihren Mitmenschen. Und seit sie die verstörenden Bilder in Faists Landhaus gesehen hatte, Bilder, die sich nicht so recht, nein eigentlich gar nicht in ihre Vorstellungswelt von Sex und Liebe einordnen wollten, war sie noch mehr auf Abstand zu dem Mann gegangen. Aber Elisabeth musste wie alle anderen auch Geld verdienen, und Faist besorgte ihr in schöner Regelmäßigkeit Aufträge und damit Einkommen. So war nun mal der Stand der Dinge.

Faist bat Elisabeth also in das Hinterzimmer. Er trat hinter sie, nahm ein bereitliegendes Seil zur Hand, zog ihre Arme nach hinten und band sie zusammen. Das dauerte nicht länger als Elisabeths Schrecksekunde. Sie reist ihren Mund auf, um lautstark zu protestieren oder zu schreien. Es kommt aber kein Ton aus ihr heraus, denn Faist stopft ihr blitzschnell einen Knebel in den Mund. Dann wirft er sie auf die Couch, auf der Elisabeth noch vor Kurzem nackt posiert hatte, und fesselt nun ihre Arme und Beine richtig zusammen. Den Knebel fixiert er mittels einer ganz normalen Mullbinde aus dem Erste-Hilfe-Kasten und wickelt das Gaze mehrfach um ihren Kopf.

Von diesem Augenblick an war sie seine Frau Nr. 3, er trug sie auf Händen, und zwar in seinen Kombitransporter, den er mit offener Hecktür rückwärts, direkt an den Hinterausgang seines Stadtstudios gefahren hatte. Faist band sie im Transporter an die Seitenwand, damit seine Frau nicht haltlos über die Ladefläche kugeln würde. Elisabeth könnte dabei ja beschädigt werden. Das würde Faist nicht gefallen, das macht er besser selbst. Er warf noch eine Decke über sie, schloss Hecktür und Studio ab und fuhr los. Er brachte die Frau, die nicht wusste, wie ihr geschah, in ihr neues Heim.

Elisabeth machte sich während der Fahrt die konfusesten Gedanken. Ist das ein Spaß? Wird sie sterben? Oder will er sie an einen Scheich verkaufen? Nur dass es dieses Mal nicht auf dem Filmset, sondern irgendwie in echt stattfinden könnte? Nach einer Stunde fahrt, mehr oder weniger, wird der Motor abgestellt. Elisabeth hört wie die Wagentüre geöffnet und wieder zugeschlagen wird. Dann Schritte und wahrscheinlich ein Garagentor. Und dann eine ganze Weile nichts mehr.

5

Samuel im Wald

Sich in der Natur aufzuhalten ist schön, aber für Samuels Empfinden ist es langsam aber sicher zu schön. Obwohl er schon aus Berufsgründen ans Observieren gewöhnt ist, ist und war es schon immer das langweiligste am Beruf eines Polizisten. Das war dann auch der Punkt, worüber sich alle Kollegen stets einig waren.

So verging Tag um Tag. Samuel kennt inzwischen jeden Baum persönlich und machte auch schon Bekanntschaft mit einer Wildsau. Die hatte keine Frischlinge oder anderen Nachwuchs bei sich, zum Glück. Mutterschweine können ganz schön stinkig werden, wenn man ihnen zu nahe kommt, hatte Samuel mal irgendwo gehört oder gelesen. Vielleicht ist die einsame Sau auch gänzlich unbemannt oder frigide. Jedenfalls hatte sie sich umgedreht und ist grunzend davongelaufen. So hässlich bin ich doch gar nicht, dass mich keine Sau mag.

Samuel schreibt auf, wenn Harris geht und wenn Harris kommt. Er notiert auch, dass Harris mehr Nahrungsmittel ins Haus schleppt, als eine allein lebende Person benötigt. Ein Vorratsmensch. Am dritten Tag fahren zwei Autos mit vier gut gekleideten, älteren Männern auf das Anwesen und vier Stunden später wieder weg. Am vierten Tag fährt ein geschlossener Firmentransporter auf das Grundstück. Zwei Männer, die wie Monteure gekleidet sind, laden eine Stunde später zwei längliche Behälter in den Wagen, groß genug, um darin zwei Personen zu transportieren. Samuel macht sich eben so seine Gedanken, da muss man aufpassen, dass man nicht überall Gespenster sieht. Er notiert die jeweiligen Fahrzeugnummern und gibt sie per Handy weiter.

Haus und Gelände werden von mindestens drei Überwachungskameras gesichert. Unbemerkt kann man sich dem Gebäude nicht nähern. Samuel fertigt eine Skizze an. Am fünften Tag kommt Förster Josef auf Besuch. Samuel denkt sich, der ist froh, mal wieder in den Wald zu kommen. Förster sein ist ja heutzutage ein akademischer Schreibtischjob.

»Nun? Schon was ermittelt, Herr Kommissar?«

Samuel hört genau in diesem Augenblick auf, den Leuten immer wieder zu erklären, dass er kein Kommissar mehr ist.

»Nein, Herr Eckert. Ganz gewöhnliche Vorgänge, die aber jeder für sich gesehen und bei näherer Betrachtung auch zu kriminellen Taten passen könnten. Aber so lange es keine hinlänglichen Verdachtsmomente und keine Beweise gibt. Tja, so ist das.«

»So geht es mir mit dem Borkenkäfer, Herr Kommissar. Ganz fiese Viecher sind das. Also Sie haben noch nichts Greifbares?«

»Ich hatte Besuch von einer einsamen Wildsau.«

»Ach, die Elli, die hat se nich alle. Schweine sind Rottentiere, aber die Elli hat irgendeinen Schaden. Aber sonst ist sie ganz harmlos, die will nur spielen.«

Das habe ich doch schon mal irgendwo gehört, denkt sich Samuel und sagt:

»Das ist ja beruhigend. Ich habe gehört, dass so eine Sau ganz schön wild werden kann. Die heißt ja nicht ohne Grund Wildsau.«

»Genau, sind Sie mal vorsichtig mit Schweinebekanntschaften.«

»Machen Sie jetzt Witze?«

»Nein, nein! Wildschweine meiden den Menschen, aber wenn es zur Konfrontation kommt, haben Sie schlechte Karten. Da hilft es manchmal nur noch, den nächsten Baum zu erklimmen. Aber machen Sie sich wegen der Elli mal keine Sorgen. Ich denke, die Elli ist irgendwann einmal als verlaufener Frischling von Menschen aufgezogen worden, wurde größer und begann dann den Garten umzugraben. Da haben die Schweineretter wohl beschlossen, dass die Elli eigentlich in den Wald gehört. Aber ich gebe Ihnen mal einen Tipp aus der Praxis, Herr Kommissar. Wir Förster und Wildhüter installieren Kameras, wenn wir Futterplätze und das Treiben von Wilddieben überwachen wollen. Die Dinger sind ganz nützlich und gut zu tarnen. Denken Sie mal drüber nach.«

Samuel beginnt nachzudenken. Ja, denkt er, das hat was.

In den Tagen und Wochen danach, als Samuel etwas zurückgesetzt, zwischen den Ästen, eine Kamera mit Aufzeichnungsfunktion installiert hatte, bekam er ab und zu Besuch von den Ex-Kollegen in seiner Wohnung. Die Besuche hatten eher etwas mit mentaler Unterstützung zu tun, denn die Langzeitaufnahmen zu sichten brachte wenig Erhellendes. Da wurde mehr Kaffee, Bier oder Wein getrunken und geredet, als auf den Bildschirm gestarrt.

Es geschah nichts Nennenswertes. Einmal rief Samuel aus: »Mensch da ist ja die Elli!«

»Was? Wo?«

»Da, die alte Sau!«

»Also hör mal, du hast vielleicht Ausdrücke!«

»Nein dort«, er zeigte mit dem Finger auf den Bildschirm, »das Wildschwein, das ist die Elli.«

»Ein Wildschwein?«

»Ja, wir kennen uns. Das war doch, als ich noch den Beobachter machte.«

Michael und Mario schauten sich an.

»Hattest du etwas mit der?«

»He, ihr spinnt wohl! Wir kennen uns nur so, vom Sehen.«

»Ach soo ... und ich dachte schon?«

Man kommt einige Zeit später überein, die ganze Sache auslaufen zu lassen, da gibt's nichts zu sehen. Samuel stellt die Kamera am Rande des Waldstückes auf Einzelbildschaltung mit Energiesparmodus ein. Jedenfalls für eine Weile noch. Wieder Zuhause denkt Samuel, es gibt einfach keine Anhaltspunkte.

Nichts. Und wie zum Hohn spielte das Radio Mas Que Nada –
Weniger als Nichts.

Rückblende, 3. April 1972

Die seitliche Schiebetüre des Transporters wurde aufgezogen.
Wie vermutet befand sie sich in einer Garage. Elisabeth bekam
den Geruch von Benzin und schmierigem Zeugs in die Nase.
Sie wurde angehoben und in das Innere des Landhauses getragen.
Nun erfasste sie natürlich mit dem ersten Blick, wo sie sich
befand. Faist hatte in dem Ambiente seines Hauses mit ihr und
verschiedenen anderen Modellen schon mehrere Fotoaufträge
abgearbeitet. War das jetzt ein Spiel? Wo sind die Kameras? Elisabeth
verdrehte die Augen, nichts zu sehen. Sie und Faist waren
allein.

Sie wand sich in seinen Armen, ohne Erfolg. Dann sagte sie:
»Mmngpfmngh!«
Faist schien sie zu verstehen.
»Gleich Liebling, es dauert nicht mehr Lange, wir haben's
gleich«, sagte das alte Scheusal zärtlich.
Der Spinner spinnt total, denkt sie sich und würde ihm das
auch gerne ins Gesicht sagen: »Mmnpfng!«
»Ja, ja, nur Geduld meine Kleine!«
Faist trug sie bis vor eine Zimmertüre. Dann werkelte er mit
einem Schlüssel im Schloss herum, während er mit seiner anderen
Hand Elisabeth in der Senkrechten hielt und so am Umfallen
hinderte. Die Einrichtung machte einen extrem zweckmäßigen
Eindruck. Ein breites Bett mit Bettpfosten, die einen stabilen
Eindruck vermittelten und mit leicht angerosteten Eisenringen
verziert waren. Gleich daneben eine Toilettenschüssel. Auch in
den Wänden und der Zimmerdecke, eingelassen Eisenringe.
Oh Gott oh Gott, was wird das denn? Dann noch einige Mö-

belstücke: Tisch, Sessel, Kommode, Schminktisch, Radio, kein Fenster. Das ist eine Gefängniszelle, denkt Elisabeth. Das Arschloch hat mich in eine Gefängniszelle gebracht. »Mnngpfng!«

»Jetzt mach dir mal keine Sorgen, Liebes«, antwortete Faist und warf sie aufs Bett.

Er begann ihre Fesseln zu lösen, dann zog er Elisabeth bis auf die Unterwäsche aus. Trotz Gegenwehr hatte die Frau gegen den schmalbrüstigen Fotografen keine Chancen. Faist fesselte sie danach sofort wieder. Mit Ledermanschetten band er die Arme hinter ihrem Rücken zusammen und band sie in einer etwas unangenehmen Position an einen Eisenring. Er sammelte die am Boden und auf dem Bett verstreuten Kleidungsstücke auf und trug sie in den Heizraum.

»Bin gleich wieder da, Liebling!«

Elisabeth wechselt auf dem Bett die Position in eine etwas bequemere Lage.

»Musst du auf die Toilette«, fragte Faist, als er wieder in der Kammer erscheint.

Sie nickte heftig.

»Groß?«

Elisabeth schüttelt den Kopf, denn sie war ja immer noch geknebelt.

»Also Pipi!«

Er zog ihr den Slip runter und warf ihn achtlos aufs Bett. Dann machte er sie von dem Eisenring los, an dem früher vielleicht einmal die Milchkuh seiner Vorfahren angebunden war, und bugsierte sie mit leichter Gewalt auf die Toilettenschüssel. Unter anderen Umständen hätte sie sich jetzt geniert. Aber Elisabeth hatte inzwischen einen ganz schönen Druck auf der Blase und es strahlte sofort aus ihr heraus.

Als sie fertig war, drückte Faist ihre Schenkel auseinander und wischt mit Toilettenpapier die letzten Tropfen weg. Elisabeth war sprachlos, und das nicht nur wegen des Knebels. Faist wusch sich die Hände. Nach dem Toilettengang soll man sich die Hände waschen, dozierte er ungerührt. Als wenn es ihr jetzt darauf ankäme. Elisabeths Hände wurden nicht gewaschen, sie hatte sich ja nicht angefasst. Elisabeth wusste um Dieter Faists bäuerliche Herkunft. Vielleicht wird man so, wenn man zwischen Schweinen und Hühnerdreck aufwächst?

Dieter nahm Elisabeth, die immer noch einen roten Kopf hatte, liebevoll in den Arm und führte sie ins Speisezimmer.

»Du hast sicher Durst.« Faist erwartete keine Antwort, auch kein »mpf«.

Der spinnt dachte Elisabeth, der spinnt total, und sie würde ihm das auch gerne sagen. Dass er vergessen hatte, ihr den Slip wieder anzuziehen, schien ihn nicht sonderlich zu stören. Und ob der Frau die Nacktheit ihres Unterkörpers unangenehm sein könnte, störte Faist offenbar ebenso wenig.

»Das ist dein Platz.«

Elisabeth zog es vor, erst einmal mitzuspielen. Mit Spinnern muss man vorsichtig umgehen. An dem überraschend bequemen Stuhl waren Riemen und Schnallen an den unterschiedlichsten Stellen angenietet. Rasch wurden ihre Beine an den Stuhlbeinen festgeschnallt. Dafür kamen nun endlich ihre Arme frei, und er nahm ihr auch den ekeligen Knebel ab. Elisabeth fing sofort an zu schreien und erhielt dafür eine schallende Ohrfeige. Verblüfft verstummte sie sogleich wieder und ihr Gesicht rötete sich erneut. Dieter machte ihr unmissverständlich klar. »Hier hört dich niemand, aber wenn du rumbrüllst, bleibst du rund um die Uhr geknebelt, verstanden?«

Faist stellte der verängstigten Frau Brot, Wurst, Käse, Gürkchen, Saft und Wasser hin. Dazu ein stumpfes Messer, dann ging er hinaus. Sofort tastete sie nach den Ledermanschetten und sah nach unten. An den Lederriemen befanden sich eingerastete Schlösser. In Elisabeth machte sich ein dumpfes Gefühl voller böser Ahnungen breit.

6

Samuel im Zoo

Samuel hängt sein Jackett an den Garderobenhaken. Auf dem Weg in die Küche nimmt er durch die offene Wohnzimmertüre das Blinken seines Anrufbeantworters wahr. Das kann einen Augenblick warten, zuerst nimmt er seine Kaffeemaschine in Betrieb, danach hört er die Nachricht ab. Mario meldet sich mit ruhiger Stimme:

»Mit dem Transporter, den du beobachtet hattest, ist alles in Ordnung. Autonummer stimmt, ordentlich angemeldet, auch die beiden Privatlimousinen. Der Firmentransporter wird von wechselnden Monteuren benutzt und steht meist am Wohnort des Außendienstmitarbeiters. Ein paar Strafzettel wegen Falschparkens, aber darüber hinaus alles unbeschriebene Blätter. Ich melde mich wieder, falls sich doch noch irgendetwas ergeben sollte. Also ciao, denk mal drüber nach, die ganze Sache auf sich beruhen zu lassen.«

Wahrscheinlich hat Mario recht. Nein, ganz sicher hat er recht.

Samuel beschließt, nach etlichen Jahren mal wieder einen Tag in der Wilhelma zu verbringen. Mal sehen, ob ich es irgendwie hinkriege, einmal abzuschalten. Kleine Otter, große Bären. Viel hat sich geändert in der neuen Wilhelma, und es wird immer noch gebaut. Neues Affenhaus, neue Eisbärenanlage, Tapire, Insekten, Elefanten und Menschen. Man kann hier sicher auch den einen oder anderen Bekannten treffen.

Samuel überlegt, ob er sich nicht gleich eine Jahreskarte kaufen sollte. Jetzt aber mal langsam, das muss sehr genau bedacht sein. Da sind die Pinguine, die absoluten Stars, und das nicht nur bei den Kindern und Schulklassen. Die Pinguine watscheln wie selbstverständlich zwischen den Beinen der Besucher umher.

Samuel kommt tatsächlich auf andere Gedanken, also doch eine Jahreskarte. Nein, nein, so weit bin ich noch nicht. Denkt's und verlässt den Zoo, wahrscheinlich wieder für sehr lange Zeit.

Dieter Faist
Herkunft und Aufstieg

Dieter F. entstammt einer Bauernfamilie, alle seine Vorfahren, soweit man sich erinnern kann, waren Bauern auf dem ererbten Land. Gemischte Landwirtschaft. Ackerbau mit Fruchtfolge, handgeführtes Pflügen am Ochsengespann, ein wenig Viehzucht, Schweinehaltung und die Milchkuh, Geflügel und der ewig bellende Köter. Selbstversorgung mit etwas Einkommen aus dem Verkauf landwirtschaftlicher Produkte. Zwei Söhne und damit auch zwei Familien, konnte der Hof nicht ernähren. Der Vater schickte den jüngeren Sohn, so wie Mancherorts üblich, nicht einfach fort, sondern gab ihn bei einem Fotografen, der gerade einen Lehrling suchte, in die Lehre. Dieter F. wurde Fotolaborant.

Nach dem Krieg hatte die Fotoindustrie ihre goldene Zeit. Mehr und mehr Menschen fuhren in Urlaub oder machten wenigstens Ausflüge. Eine Generation zuvor fast noch eine Unmöglichkeit. Die Leute kamen mit vollgeknipsten Filmen zurück. Plötzlich musste auch jedes Grillfest, jeder Umzug durch das Dorf, jede Geburt und jeder Todesfall unbedingt für die Nachkommen dokumentiert werden. Nachkommen, die die Bilder dann irgendwann wegschmissen. Dazu kam noch der Verkauf von Kameras, Blitzlichtgeräten und vieles mehr. Fotografieren wurde zum Massenphänomen. Praktisch jeder besaß mindestens einen Fotoapparat oder eine Kamera. Dieter F. schwamm mit seinem eigenen Fotoladen auf der Welle oben mit. Den Umbau des ererbten Bauernhofes in einen hübschen Landsitz zu finanzieren fiel ihm nicht schwer.

Chronologie einer Wandlung

Porschefahrer Dieter F. hatte in den fünfziger und Anfang der sechziger Jahre wechselnde Freundinnen, hat jedoch nie geheiratet. Jedenfalls nicht auf die Art, wie es in kultivierten Ländern allgemein üblich ist. Die Damen ließen ihn oft schon nach Tagen oder wenigen Wochen wieder sitzen. Er verkehrte wohl in den falschen Kreisen, wie man es damals noch nannte. Und er war gut situiert, so sagte man. Aber wohl doch nicht wohlhabend genug, um in eben diesen Kreisen automatisch dazuzugehören.

Für den normalen Bürger der fünfziger Jahre war er ein reicher Mann. Für die Leute, mit denen er glaubte, verkehren zu müssen, rangierte er aber am unteren Ende der Prominentenskala. Praktisch kurz vor dem Sozialamt. Er wollte wohl den großen Max spielen, konnte aber nicht wirklich mithalten.

Beleidigt zog sich Dieter F. zunehmend in sich, in seine geheime Welt zurück. Da war schon immer etwas in ihm, das zu ihm gehörte, von dem er jedoch lange Zeit nicht wusste, dass es existierte. »Es« wurde geweckt, als amerikanische Soldaten, höhere und niedere Dienstgrade, ihm ihre Filme zur Entwicklung brachten. Bilder, die ihn nicht interessierten, denn er hatte ja schon Tausende Mal alles, was zu fotografieren lohnt, entwickelt. Gelegentlich waren da aber Fotografien darunter, die ihn faszinierten. Ehefrauen oder Freundinnen von Soldaten, die in unterschiedlichen Situationen und Posen gefesselt und verschnürt waren.

Anfänglich war er noch etwas verwirrt. Er kam mit einzelnen Soldaten ins Gespräch, die dann freimütig erzählten, dass sie bestimmte Situationen aus Comicstrips nachstellten. Ehefrau im Keller, Hausfrau auf dem Dachboden oder am Baum im Garten. Freundin in der Küche oder im Bett in allen möglichen und unmöglichen Verrenkungen verschnürt. Das hatte etwas von weitergehenden Indianerspielen.

Dieter F. beschloss, sich seine erste Frau zuzulegen. Er hatte da auch schon eine im Auge. Ein niedliches Ding, das ihn vor allen anderen gedemütigt hatte. Die wird sich wundern, die hochnäsige Fotze.

7

Die Party

Dein Vater und ich haben beschlossen, dass wir morgen alle zusammen in die Wilhelma fahren. Ihr wart doch immer so gerne bei den Pinguinen.

»Ja, ja, ja! Pingine, Pingine!«, krähte der Nachzügler, Sabines kleiner Bruder aus seiner Spielecke heraus und klatschte begeistert mit seinen Händchen.

Sabines Mutter war voll und ganz der Überzeugung Gutes zu tun.

»Die Pinguinzeit ist vorbei, Mama, ich bin morgen Nachmittag mit Ellen bei ihr zu Hause verabredet. Wir haben am Montag ein schwieriges Referatsthema.« Dass das Referat im Grunde ein Klacks ist, muss Mama ja nicht wissen.

»Pingine, Pingine!«

Sandra Fischer schaut leicht betrübt.

»Im Zoo war es doch immer so schön mit euch.«

Mama ... noch mal, die Pinguinzeit ist vorbei. Mit Ellen zu üben ist jetzt wichtiger.«

Der Türsummer ertönt.

»Ich geh schon«, ruft Sabine, froh dem Zoo-Thema entwischen zu können.

»Was ist denn nun, komm wir müssen los«, drängt Karin, Sabines beste Freundin, vor deren Haustüre.

»Pscht! Ich muss erst noch bei meiner Mutter intervenieren.«

»Intervonieren? Was ist das denn? Du meinst anrufen.«

Sabine ist sonst immer ganz stolz, wenn sie ein neues Wort für sich entdeckt hat, mit dem sie bei wichtigen Gesprächen punkten kann. In diesem Moment war das aber einmal mehr völlig »wurscht«, wie ihr sogleich einfiel.

»Nein, nein! Ich muss Mama davon überzeugen, wie ungeheuer wichtig diese Party heute Abend für meine ganze Zukunft ist.«

Sabines Mutter erscheint in diesem Moment hinter ihrer Tochter.

»Guten Tag, Frau Fischer!«

»Komm doch rein, ich mach euch auch heiße Schokolade.«

Sabine dreht ihre Augen zur Decke.

»Mama! Die Heiße-Schokolade-Zeit ist vorbei, wir sind keine Babys mehr!«

»Aber die Kaffeezeit ist noch nicht angebrochen. Also Karin, was habt ihr vor?«

»Wir müssen los, sonst kommen wir echt zu spät, Frau Fischer.«

»Wohin denn zu spät?«

Sabine schwant nichts Gutes.

»Wir haben ein Schülertreffen.«

»Davon hast du mir ja noch gar nichts gesagt, Bine.«

»Hab ich glatt vergessen, ist sicher wieder so eine ganz langweilige Sache, du weißt schon!«

»Nö«, imitiert Frau Fischer die schnoddrige Jugendsprache, »weiß ich nicht. Und wo findet das statt?«

»Nun ja ... bei Heidi Kleinert.«

Sandra Fischer sieht ihre Tochter nachdenklich an. »Also bei dem verrückten Huhn. Das ist privat ... ihr geht auf eine Party!«

»Verrücktes Huhn?«, echote Karin.

Ja, so habe ich Heidi mal vor Mama genannt, nach der Sache mit der Beate.«

Karin ließ einen Nasenschnauber los, hielt sich die Hand vor den Mund und konnte es sich gerade noch verkneifen, prustend loszulachen.

»Also, was ist das für eine Party?«

»Einfach eine Party, Mom. Wir trinken Coke, reden und hören Musik.«

»Wissen Heidis Eltern überhaupt davon?«

»Sicher!«

»Klar«, bestätigt Sabine.

»Natürlich«, versichert Karin.

Sandra Fischer ist nicht überzeugt. Sie war ja selber mal fünfzehn. Sabines Vater, Michael Fischer, erscheint jetzt auch noch hinter seiner Frau.

»Was'n los?«

»Deine Tochter will auf eine Party, ganz plötzlich, so mir nichts, dir nichts.«

»Was sind denn da für Leute?«, will Michael Fischer wissen.

»So gut wie alle unsere Mitschüler«, sagt Karin, »die ganze Klasse.«

»Na, dann ist ja alles okay.«

Frau Fischer schaut ihren Mann kopfschüttelnd an.

»Du lässt ihr wieder mal alles durchgehen.«

»Was soll ich dagegen haben? Wir wollen doch nicht, dass unser Kind zur Außenseiterin wird. Um zehn bist du aber wieder da, gell!« Und zu seiner Frau: »Sie ist doch kein Kind mehr, mit sechzehn.«

»Ja, genau in einem Jahr!«

Sabine ist ihrem Papi mal wieder unendlich dankbar. Jetzt hat er was gut, denkt sie sich.

»Zehn Uhr«, bekräftigt ihre Mutter streng, »und du rufst an, wenn irgendwas sein sollte!«

»Da ist nichts!«

»Ruf an!«

»Jaa! Ich ruf dann sofort an, wenn der Komet aufs Dach fällt.«

Sandra Fischer bedenkt ihre Tochter mit einem warnenden Blick, sagt aber nichts mehr, hebt nur noch bekräftigend ihren Zeigefinger.

»Los«, ruft Sabine ihrer Freundin zu, »ich muss mich umziehen.«

Die zwei beeilten sich die Treppe hoch, wo Sabine ein paar ihrer Sachen durchprobiert.

»Mein Arsch ist einfach zu dick!«

»Dein Arsch ist okay. Was willst du nur? Die Jungs mögen keine Bohnenstangen.«

»Sag das mal diesen Ärschen.«

Hör endlich auf, zieh das Gestreifte an, das Blaue und fertig. Mit dem kannst du deinen »Arsch« vor den Jungs prima verstecken.«

Die zwei ziehen los. Doch erst macht Frau Fischer noch den prüfenden Make-up-Testblick. Gerade noch einmal so bestanden. Wer ist denn so doof und schminkt sich komplett zu Hause, vor der eigenen Mutter? Die schaut ihrer Tochter nach und wendet sich dann zu ihrem Mann.

»Da kann man nur hoffen, dass die Biene nicht rein zufällig irgendwie befruchtet wird.«

»Na hör mal, was du denkst. Das sind Gleichaltrige. Wenn es ältere Jungs wären, ja dann müsste man sich echte Sorgen machen. Aber in dem Alter sind die Mädchen den Jungs doch total über!«

Sandra Fischer schaut trotzdem skeptisch. Obwohl ihr Mann als Polizist fast täglich mit der bösen Welt konfrontiert wird, nimmt er's locker. Seine Frau dagegen sieht immer und überall Gefahren und Bedrohungen für ihr Kind.

»Du musst ein bisschen Vertrauen in Sabine haben, sie wird bald ihr eigenes Leben führen.«

»Schon, aber jetzt doch noch nicht. Und Klausi hat das mit der Wilhelma mitbekommen. Wenn wir das ausfallen lassen, quengelt der dann den ganzen Tag lang rum. Das können wir jetzt nicht mehr ausfallen lassen.«

»Vielleicht kommt Bine doch noch mit in die Wilhelma«, meint Michael Fischer aufmunternd. Machte sich aber selber keine großen Hoffnungen.

Hommage an den Allerwertesten

Es ist nicht weit zu Fuß. Sabine, Karin und Heidi wohnen in demselben Stuttgarter Ortsteil, in Heslach. Doch auch auf dem Weg zu der Party, redet Sabine schon wieder über ihr aktuelles Lieblingsthema, ihre erst kürzlich neu gewachsenen »Arschberge«.

»Mein Arsch ist erst im letzten halben Jahr so fett geworden!«

Karin sagte nichts und widerspricht auch nicht mehr. Sie findet, dass sie jetzt schon oft genug die Arschwogen ihrer Freundin geglättet hat. Sie hat das Thema satt. Karin findet im Übrigen Sabines Hintern schön gerundet, nicht zu breit und gar nicht wabbelig. Den eigenen Hintern würde sie zu gerne als Arsch bezeichnen, der ist zwar weich und samtig, aber eben zu flach. Was würde sie nicht alles für einen schönen, runden, festen Arsch geben ... ihre zugepuderte, pickelige Stirn zum Beispiel. Das, so findet sie, währe ein fairer Tausch. Pickel gegen Prallarsch.

Karin ist ganz und gar mit dem gedanklichen Austausch ihrer Einzelteile beschäftigt. »Das währe mal ein super Thema für Hollywood«, redet sie so vor sich hin. »Immer nur über Nacht mal eben 30 zu werden oder am Morgen im Körper eines Jungen aufzuwachen. An dämlichen Themen hat es den Hollywoodleuten noch nie gemangelt.«

»Was redest du da Karin, hörst du mir überhaupt zu?«

»Ja, Mensch, ich kann's nicht mehr hören. Ich wäre froh, wenn ich deinen Hintern hätte«, platzt es lauter als gewollt aus Karin heraus.

Das schien bei Sabine nun doch endlich anzukommen. »Tschuldige, tut mir leid. Dein Hintern ist so schön flach.«

»Das ist kein Kompliment, meine Liebe. Glaubst du, es macht Spaß, einen hübschen, flachen Hintern zu haben, der absolut keine Jeans ausfüllt, he? Ich sag dir was«, lässt sie sich nun erst recht nicht mehr von ihrem Gedanken abbringen: »Arschtausch über Nacht!« Das währe mal ein Thema für einen Film.

»Wie kommst'n jetzt darauf?«

»Egal, wir sind da. Da vorne hängen auch schon die Jungs ab, hatten's wohl besonders eilig! Wer zuerst kommt, kriegt die Braut mit dem größten ...«

»Sag es bloß nicht!«

»Titten! Was dachtest du?«

Jetzt dachte Sabine an ihre kaum entwickelte Oberweite. Noch ein Minuspunkt. Ihr Wachstum in den unterschiedlichen Körperregionen ist ... wie nennt man das? Unausgewogen. Ein Teil ihres Arsches hätte ganz gut in ihre Oberweite hineinwachsen können.

Sabine stellte sich eine Kombination aus Karins Hintern und dazu Dolly Partons Titten vor. Nicht dass ihr bis vor zwei oder drei Jahren der Name Dolly Parton irgendetwas gesagt hätte. Aber als sie einmal beiläufig eine TV-Sendung mit Country Musik sah, staunte sie nicht schlecht über eine Sängerin mit so einem Westernhut auf dem Kopf, deren Brüste jeden Moment mühelos ihre Bluse sprengen konnten. Seltsamerweise geschah das aber nicht. Was Sabine sehr verwunderte.

Sie stellte sich damals in ihrer Fantasie vor, wie die Frau vor ihrem Auftritt ihre Brüste prall aufpumpt, wie ein Luftballonverkäufer auf der Kirmes. Wie konnte sie in ihrer kindlichen Fantasie ahnen, dass die Realität gar nicht so weit davon entfernt ist. Damals war sie sich ziemlich sicher, dass Dollys Dinger doch noch irgendwann explodieren würden. Auf jeden Fall hat Dollys Vorbau einen nachhaltigen Eindruck in ihr hinterlassen.

»Okay«, hörte sie wie von Weitem Karin sagen, »ab jetzt sind wir unnahbare Göttinnen!«

»Unnahbar ist aber nicht gut, da traut sich ja keiner?«

»Könntest du auch wieder recht haben. Aber die Jungs in unserer Klasse sind doch eh alles noch richtige Kindsköpfe. Reden andauernd nur von ihren Computerspielen oder irgendwelchen Fußballtypen.«

»Jungs sind echt doof!«

»Genau!«

»Genau!«

Die Haustüre steht offen. Heidi läuft zwischen den Leuten umher und begrüßt Sabine und Karin beiläufig. Die beiden Freundinnen machen es sich bequem. Etwas später fällt es Sabine auf, dass Heiner, mit dem sie noch nie viel gesprochen hatte, immer wieder zu ihr hersieht. Sabine spürt seine Blicke. Die schweifen kurz ab, wenn sich ihre Augen treffen, kehren dann aber immer wieder zu ihr zurück. Das schien sonst niemandem aufzufallen, aber Sabine ist sich sicher, dass Heiner nur Interesse an ihr und keiner anderen hat.

Der Heiner ist ja irgendwie Süß, mit seinen strubbligen Haaren. Langsam zieht sie Karin mit in seine Richtung, so fühlt sie sich nicht ganz so unsicher. Ob er sie ansprechen wird? Sabine beschließt, es ihm etwas einfacher zu machen, und nimmt immer mal wieder Blickkontakt mit ihm auf. Es vergeht trotzdem eine ganze Weile, bis sie sich so nahe gekommen sind, dass Heiner irgendwie aus sich herausgehen muss oder es für immer bleiben lassen kann. Sabine wirft ihm einen letzten, aufmunternden Blick zu, wie sie meint.

Heiner hat ganz eigene Sorgen. Er brennt förmlich darauf, mit Sabine ins Gespräch zu kommen, aber was soll er ihr sagen, das nicht völlig verblödet bei Sabine ankommt? Dann steht er ihr gegenüber und sagt die unsterblichen Worte und fragt sich in derselben Sekunde, was für einen Mist er da redet:

»Du hast einen echt göttlichen Arsch, Sabine.«

Dabei schaut er irgendwie irre mal in ihr Gesicht, mal auf ihren nicht vorhandenen Busen und mal auf seine Schuhspitzen. Da muss es irgendetwas sehr interessantes zu sehen geben.

Zu seiner Überraschung schaut ihn Sabine weder angewidert an, noch dreht sie sich um, um majestätisch davon zuschreiten. Im Gegenteil, sie lächelt ziemlich vergnügt und sagt:

»Danke Heiner, du bist ein Engel!«

Kaum zu glauben, gerade noch standen beide am Abgrund

und nun bahnt sich hier eine ganz neue Freundschaft an. Für Sabine hat sich damit das Thema Riesenmegaarsch erledigt. Nun ja, zumindest für eine ganze Weile. Zum Thema Popo gibt es einen zwar nicht ganz neuen, trotzdem lehrreichen Spruch zum Verständnis der Geschlechter. Männer und Frauen denken durchaus nicht an das Gleiche bei dem Ausspruch:

»Boa, was für'n Arsch«

Heiners Erstaunen hält jedenfalls an. Da hat er etwas unglaublich Dummes zu Sabine gesagt, und nun hängen die zwei schon über eine Stunde lang miteinander ab. Seine anfängliche Nervosität ist auch schon etwas gewichen. Es beginnt sich so etwas wie Freundschaft zwischen den beiden zu entwickeln.

Sabine hatte schon lange, ohne etwas zu ahnen, Eindruck auf Heiner gemacht. Sie erschien in seinen Träumen. Er liebt die Form ihrer Lippen, ihr kleines Grübchen am schmalen Kinn. Heiner gefiel ihre Stimme und wie sie sich bewegt, wenn sie mit ihren Freundinnen herumschäkert. Das war das Eine. Wenn Sabine nach vorne an die Tafel ging, heften sich seine Blicke bewundernd auf ihre hübsch ausgefüllte Jeanshose. Dieser Anblick macht ihm ganz schön zu schaffen. Das war das andere.

Dann hatte er bei ihr mit seinem dämlichen Anmachspruch genau ins Schwarze getroffen. Das ließ offenbar direkt Sabines Zuneigung für ihn erblühen. Sachen gibt's.

Heiner hat keine Ahnung wie Mädchen ticken, und das wird auch Zeit deines Lebens so bleiben. (Sollten Sabine und Heiner einmal Verheiratet sein, dann wird ihm viele Jahre später genau dieser verunglückte Anmachspruch immer mal wieder zum Vorwurf gemacht. Doch davon ahnt Heiner heute noch nichts. Lassen wir ihn in seinem Glück und in seiner Ahnungslosigkeit.)

Über solchen Psychokram macht sich Heiner im Augenblick keinen Kopf. Völlig unverhofft ist er mit dem Mädchen zusammen, von dem er annahm, sie sieht ihn gar nicht. Einfach verrückt! Und die Geschichte geht weiter. Immerhin werden sie sich morgen Nachmittag in der Eisdiele treffen. Damit gehörte

Heiner schlagartig zu den Jungs seiner Klasse, die es bringen, wie's so schön heißt.

8

Spurlos verschwunden

Halb Neun, also 20 Uhr 30, tauchte Heidis ältere Schwester auf, stolzierte mitten zwischen den »Kiddies« hindurch nach oben. Juliane ging direkt in das Badezimmer, zog sich aus, warf ihre Kleidung in den Wäschekorb und duschte ausgiebig. Fünfundvierzig Minuten später kam sie frisch gemacht wieder herunter und stolziert diesmal in die andere Richtung wieder aus dem Haus hinaus. Das unterschied sie mit ihren zweiundzwanzig Jahren von den »Kiddies«, sie braucht niemanden um Erlaubnis fragen oder gar erklären, wohin sie jetzt noch wolle.

Niemand wusste später, wohin Juliane Kleinert an diesem Abend ging. Das heißt, wohin sie fuhr. Man hörte noch die Türe eines Autos zuschlagen und dann hörte man nichts mehr von Heidis älterer Schwester. Weder am folgenden Tag, als ihr Chef, Inhaber eines Modegeschäftes anrief, um nachzufragen, ob Juliane erkrankt sei oder aus welchem Grund sie heute nicht im Laden erschienen ist. Und auch in der folgenden Woche hörte und sah man nichts mehr von Juliane.

Am übernächsten Tag nahm die Polizei erste Zeugenaussagen zu Protokoll. Doch es gab nicht viel zu protokollieren. Sie war mit einem einteiligen, eng anliegenden Kleid, das berühmte kleine Schwarze und einer roten Jacke aus dem Haus gegangen. Einzig Sabine und Heiner konnten eine vage Aussage machen.

Sie wollten ungestört sein und befanden sich im Freien, auf einer Bank im Garten. Natürlich auch wegen der frischen Luft! Die beiden interessierten sich wenig für das, was sich vorne auf der Straße abspielte. Als die Autotür zugeschlagen wurde, schauten beide nur kurz auf. Sabine gab »Auto« zu Protokoll, konnte aber nichts Genaueres sagen. Heiner konnte sich wenigstens noch an ein schwarzes SUV, ein Sport-Utility- Vehicle erinnern, hier in der Region auch Hausfrauenpanzer genannt. Wegen der vielen Ehefrauen und Mütter, die sich tagsüber auf den Parkplätzen der Verbrauchermärkte mit den übergroßen Familienkutschen abmühen müssen. Zu Autohersteller und Typ befragt, meinte Heiner, dass es sich mit ziemlicher Sicherheit um einen BMW oder Audi gehandelt habe. Eine Autonummer war durch den Zaun hindurch sowieso nicht zu erkennen. Das war mehr als vage, aber die Ermittler wollten noch die unmittelbaren Nachbarn befragen, vielleicht konnte sich doch noch jemand an die Autonummer erinnern.

In der Region um Stuttgart gibt es hunderte schwarzer Vans und damit waren Heiners Aussagen so gut wie wertlos. Heutzutage sind die meisten Privatfahrzeuge in Schwarz oder Silber lackiert. Vor vierzig, fünfundvierzig Jahren, wären die Polizeiermittlungen doch noch etwas einfacher gewesen. Damals fuhren die Autos in allen möglichen und unmöglichen Bonbonfarben über die deutschen Straßen. In den Sechzigern, nach Krieg und Elend, musste alles bunt sein, Krawatten, Tapeten und eben auch Autos.

9

Juliane

Mit Schwung knallt Juliane die Autotür zu und zeigt dem Fahrer strahlend ihre Zähne. Sie ist richtig gut drauf an diesem Abend. Hat sie sich doch dieses Mal einen richtig coolen Typen geangelt. Dunkle Haare, so um die ein Meter achtzig groß, gut gekleidet. Trotz der Lichtverhältnisse in der Bar, in der sie sich gestern kennengelernt hatten, fiel ihr sofort das handgenähte Jackett auf. Sie ist ja nicht erst seit gestern in der Modebranche, um das nicht auf den ersten Blick erkennen zu können. Auch wenn ihr neuer Bekannter, der sich Tom nennt, preisgünstig in Singapur, Bangkok oder Hongkong nähen lassen sollte, bedeutet das im Rückschluss, dass ihr hübscher Fang weltweit unterwegs ist. Ein Weltbürger vielleicht? Da tun sich in ihrer verträumten Gedankenwelt mit einem Mal ganz neue, schicke Möglichkeiten auf.

Tom lenkt das Fahrzeug auf den Parkplatz eines in der Region angesagten Restaurants, »Die Krone«. Tom, was sich wohl von Tomas, oder Thomas ableitet, da wird sie gleich mal bei ihm nachhaken, also Tom hält für Juliane, ganz die alte Schule, die Wagentüre auf, reicht ihr hilfreich die Hand, damit seine Dame elegant das Auto verlassen kann. Das wäre eigentlich nicht nötig. Juliane weiß, wie man in ein Auto hinein und wieder herauskommt. Es tut aber ihrem Ego gut, besonders wenn man dabei von Außenstehenden beobachtet wird.

Sie nehmen in dem Sterne-Restaurant ein kleines Menü ein, lächeln sich an und erzählen sich gegenseitig unglaubwürdige kleine Episoden aus ihren Biografien.

»Der Besitzer ist ein guter Freund von mir, ich habe in seinem Restaurant immer einen Tisch«, sagte Tom in seinem unüberhörbar amerikanisch angehauchten Deutsch.

Juliane war bemüht, sich damenhaft zu geben, was ihr nicht

so richtig gelingen wollte, weil sie eben keine Dame ist. Sie kann sich zurückhaltend und freundlich benehmen, wenn es angebracht erscheint, aber von Etikette hat sie keinen blassen Dunst. Im Gegenteil. Ihre Bemühungen haben eher etwas leicht, nun ja, ganz leicht nuttiges. Juliane gehört zu der speziellen Gattung junger Frauen, die sich auf einem Eroberungsfeldzug nach oben wähnen. Das Ziel ist der Mann als Beute.

Als junge Frau unter vielen ist sie daher stets bemüht, in einer Bar oder im Bierzelt auf dem Cannstatter Wasen, die Blicke der Kerle auf die eigenen, körperlich herausragenden Anbauteile zu lenken. Nebenbei müssen dann auch noch anwesende Konkurrentinnen ausgestochen, übertrumpft und in den Schatten gestellt werden.

Am anderen Ende dieser Skala stehen jene Damen, die es geschafft haben, auf sich einen Fußballstar oder einen Spitzenklassemotorsportler zu verpflichten. Noch weiter oben, in der Welt von Boulevard-TV und Filmfestspielen, zwingen und zwängen sich die Talente in dermaßen explizite Modekreationen, dass sie selbst gänzlich nackt vor den Kameras eher züchtig rüberkommen würden.

Von solchen faszinierenden Aussichten ist Juliane allerdings noch weit entfernt. Ihr traumvernebeltes Gehirn realisiert nicht mal ansatzweise, dass sie nur einem Blender gegenübersitzt. Der Gedanke, wer hier eigentlich wen angelt, kommt ihr nicht in den Sinn. Zu sehr vertraut sie auf ihre bewährten Rezepte, sodass der Mann gar nicht anders kann, als ihren körperlichen Vorzügen zu erliegen. Dass sie dann am Ende das Restaurant verlassen, ohne dass Tom mit der Begleichung einer Rechnung belästigt wird, deutet sie als weiteres Zeichen für ihren bevorstehenden Aufstieg in die nächsthöhere Liga.

Die Nacht schreitet voran. Tom hält für Juliane einmal mehr die Wagentüre auf, dann fahren sie zurück in die City. Gemeinsam ziehen sie durch die angesagten Bars und Kneipen Stuttgarts. Es geht lustig zu, Tom bestellt, egal was Juliane auch immer mag. Er selbst trinkt von dem, was auf den Tresen kommt, allerdings so gut wie nichts. Schon bald ist es weit nach Mitternacht und Juliane gleitet so nach und nach ins Ordinäre ab. Ein sicheres Zeichen für Tom, jetzt seinen Auftrag zu Ende zu bringen. Er träufelt ein leichtes Schlafmittel in Julianes letzten Drink.

Nun geht alles sehr schnell, die angetrunkene Frau wird plötzlich sehr schläfrig. Rechtzeitig, bevor Juliane vom Hocker rutscht, bugsiert Tom seine nicht mehr ganz so hübsche Begleiterin hinaus in eine private Tiefgarage. Die befindet sich ganz in der Nähe und gehört zu Peyton Downeys Immobilienbesitz.

Tom gurtet seine vorübergehende Bekanntschaft auf dem Beifahrersitz an, fast rührend bemüht er sich um die willenlose Frau. Hoffentlich fängt die dumme Kuh nicht an zu kotzen oder pisst sich ein. Nur ungern würde er ein versautes Fahrzeug zurückbringen. Also beeilte er sich, aus der Stadt herauszukommen, Tom lenkt den Wagen nach Norden. Während der Fahrt sieht er immer mal wieder zu seiner Passagierin hinüber. Er hat sich anscheinend umsonst Sorgen gemacht, Juliane schläft und ist offenbar an größere Mengen Alkohol gewöhnt. Er lehnt sich entspannt zurück.

Nach einer Stunde Fahrt lenkt er den schweren SUV von der Landstraße weg in eine von Landwirtschaft geprägte Gegend bis vor einen Landsitz. Noch während er auf das Anwesen zufährt, betätigt Tom den Toröffner per Funk. Ohne anzuhalten gleitet der Wagen durch die zurückschwingenden Torflügel. Dahinter biegt der Weg vor einer Pflanzung aus Bäumen und Buschwerk nach links ab. Die Pflanzungen lassen einen direkten Blick auf das Haus und das Hofgelände durch die schweren Gitter der Toreinfahrt nicht zu.

Tom übergibt die Frau an einen Mann, der schon auf seine Ankunft gewartet hat, ein kräftiger Typ im Anzug. Er trägt Juliane wie eine Puppe in das Haus. Ein anderer bringt an dem Audi wieder die Originalkennzeichen an, und schon zwanzig Minuten später befördert er Tom mit dem schwarzen Audi über die

A 5 zum Frankfurter Flughafen. Kurz vor Frankfurt beginnt es bereits zu Dämmern, sie liegen gut in der Zeit.

Obwohl Tom normalerweise Aufträge ganz anderen Kalibers für seinen Boss erledigt, hatte er auch für diese leichte Nebentätigkeit jedes Detail genau geplant und nichts dem Zufall überlassen. Tom war vor vielen Jahren einige Zeit lang, als junger Soldat, in Süddeutschland stationiert. Nach Beendigung seiner Dienstzeit ist er über einige Kontakte in die Dienste von Peyton Downey getreten. Er stieg schnell auf, in die erste Liga unter Downeys Leuten. In erster Linie, weil er seine Aufträge stets präzise abarbeitete und keine überflüssigen Fragen stellte.

Tom betritt die Abfertigung am Gate 1 B. Die Continental Linienmaschine steht bereit, Tom sieht zu, wie die Flugkapitäne in ihrer Kanzel den Sicherheitscheck durchgehen. Sein Platz ist längst gebucht, er braucht nur noch einzusteigen. Kurze Zeit später hebt die Maschine planmäßig ab. Tom ist auf dem Weg nach Baltimore via New York, und ist damit für deutsche Ermittler von der Bildfläche verschwunden.

10

Die Sünden des Gläubigen

Peyton Downey ist verheiratet in erster Ehe mit Elena. Zwei Kinder, Mark und Sarah. Er lebt zusammen mit Elena auf seinem Hauptwohnsitz in Baltimores bester Lage. Von den Nachbarn, zu denen die Downeys praktisch keine Kontakte unterhalten, nur der Palast genannt. Nicht dass Downeys Nachbarschaft nicht ebenfalls in erhabenen, prächtigen Häusern leben würden. Die Bezeichnung Palast bezieht sich ganz einfach auf die schlossähnliche Architektur des Gebäudes. Downey hatte in jungen Jahren ein Faible für europäische Schlösser und den damals beliebten sogenannten Mantel- und Degenfilmen. Das Interesse daran ist ihm aber schon vor langer Zeit abhanden gekommen, die Architektur blieb erhalten.

Peyton Downeys Kinder, längst erwachsen und beruflich erfolgreich, leben in New York. Der Kontakt zu ihnen ist mehr oder weniger abgebrochen. Sarah und Mark würden nicht für viel Geld den Palast noch einmal betreten.

Elena Downey, Tochter eines griechischstämmigen Reeders, brachte das Grundkapital und eine gelebte Frömmigkeit mit in die Ehe. Ihr fundamentaler Glaube an das Ehegelübde und an den Lieben Gott verlieh ihr die Kraft, die Ehe mit Peyton zu ertragen. Allerdings ist Elena schon lange nicht mehr sie selbst. Außerhalb dieser Mauern würde man sie als verrückt bezeichnen. Ihr Alkoholkonsum trägt seinen Teil dazu bei, sie in einem ständigen leichten Umnachtungszustand zu halten, durchsetzt mit seltenen lichten Momenten. In letzter Zeit erscheinen ihr immer öfter Engel mit mächtigen Flügeln, die unter der Decke schweben und mit Elena Gebete sprechen, wie ihre zwei Pflegerinnen zu berichten wissen.

Palina und Sharni sind praktisch rund um die Uhr für die

Betreuung der verwirrten Elena da. Damit ihre ständige Verfügbarkeit gewährleistet ist, bewohnen sie ihre eigenen kleinen Wohnungen im Personalflügel. Die kurvenreiche Palina steht darüber hinaus auch noch für die perversen Wünsche ihres Chefs zur Verfügung. Das bringt ihr nicht nur ein höheres Einkommen ein, welches sie gut anlegt, die Handlungen, die Downey an ihr vornimmt befriedigen auch ihre eigenen, ausgeprägt devoten Neigungen. Wenn ihr Herr sie mal einige Tage lang nicht zu sich zitiert, setzt sie sich bei jeder Gelegenheit vor ihm in Szene, um die Spannung bei dem Mann anzufachen. Die beiden haben einen mittleren Vorrat an Spielsachen in einem speziellen Raum, in dem Peyton die Vorlieben Palinas ausschweifend bedient und sie beispielsweise für ihre vorangegangenen Provokationen gebührend bestraft. Da wird sie schon mal länger in einer verzweifelten, körperlichen Situation gefangen gehalten, bis ihr Herr und Liebhaber sich Zeit für sie nimmt und sich ihre Anspannung explosiv entladen kann. Danach verbringt sie meist befriedigt die Nacht in seinem Bett, breitet ihre voluminöse rote Haarpracht auf den weisen Kissen aus, in der Gewissheit das Peyton diesen Anblick besonders liebt. Für Downey ist Palina so etwas wie die einzig feste Beziehung, die er hat.

Palina kennt die Neigungen Downeys sehr genau und weiß, dass Downeys Perversionen für andere Frauen leicht auf sehr tragische Weise enden könnten. Was Downey für Palina so anziehend macht, ist die Gefährlichkeit dieses Mannes und dass sie ihn auf die eine oder andere Art kontrollieren kann. Ihr ist auch bewusst, dass sie, Palina, für Downey nicht nur für einen gelegentlichen Fick zur Verfügung steht. Wahrscheinlich ist sie die einzige Person, der er vertraut und die er als Partnerin akzeptiert.

Peyton Downey herrscht über ein Firmenimperium, das Holzverarbeitung und Papierherstellung, Bauinvestitionen, Transport und Logistik und Firmen für Halbfertgprodukte für die Auto- & Luftfahrtindustrie umfasst. Legale Unternehmungen, die praktisch ohne sein Zutun reibungslos funktionieren.

In den Anfängen seiner Unternehmerkarriere war er oft genug in illegale Geschäfte verwickelt gewesen, die ihm gelegentlich heikle Momente bescherten. Er wurde verklagt, auf ihn wurde geschossen. Auf seine kompromisslose Art hatte er die ersten Jahre im Haifischbecken überstanden. Rüde Methoden, um seine Interessen durchzusetzen, sind inzwischen seltener geworden. Aber für alle Fälle hat er immer noch einen Stab von Spezialisten, wie Tom Slater – jenen Tom Slater, dem die arglose Juliane auf den Leim gegangen ist. Da Downeys Unternehmen weltweit in Geschäften tätig sind, unterhält sein Firmengeflecht Dependancen in Europa und in Asien. Für Operationen vor Ort stehen für seine Leute Wohn- und Bürokombinationen zur Verfügung.

Dass Juliane Kleinert in Slaters Falle ging und entführt wurde, hatte sie nur einem unglaublichen Zufall zu verdanken. Mike Chan, kurzzeitig von Hongkong nach Stuttgart abberufen, entdeckte die Frau eines Abends zufällig in einer Jazz Bar. Mike kannte den Saxofonisten der Band von früher, das bewog ihn, am Abend die Bar aufzusuchen. Juliane ist ihm erst später aufgefallen. Eigentlich hätte er die Frau gar nicht beachtet. Doch dann fiel ihm plötzlich die frappierende Ähnlichkeit auf. Mike Chan wusste von seinem Boss, dass er sich immer mal wieder den einen oder anderen Film mit einer speziellen Pornodarstellerin ansah, einer Linsey Blair. Er hatte sie irgendwann einmal auf eine seiner Partys eingeladen, genauer, auf »die Party«. Einmal im Jahr ließ er eine besondere Partygala steigen. Eingeladen wurden Prominente aus Politik, der Unterhaltungsbranche, Sport und Geschäftspartner.

Downey ist nicht gerade als Sexjunkie bekannt, im Gegenteil. Mit seinem Vermögen kann er sich Frauen in jeder Preislage kaufen. Das hatte er ein paar Mal gemacht, aber gegen Geld mit einer oder mehreren Luxusnutten zu vögeln oder irgendwelche Spielchen zu treiben, reizt Downey nicht im Geringsten. Das ist gegen seine Natur. Für ihn war das Leben immer ein Kampf und er war stets bereit, sein Geld und sein Leben für den Erfolg einzusetzen. Manchmal auch alles auf eine Karte zu setzen. Alles oder Nichts, Erfolg oder Untergang. Was man für wenig Geld kaufen kann, ist nichts wert. Wenn es nicht anders möglich war, hatte er keine Skrupel, seine Gegner zu vernichten oder es zu veranlassen.

Doch da war noch etwas anderes. Dreimal sind ihm die Sicherungen durchgeknallt, und er hatte veranlasst, eine ausgewählte Frau auf brutale Weise zu töten, mit exakten Anweisungen, und das ganze zu filmen. Downey hat seit jeher einige Kontakte zur Snuff Movie-Szene.

Dieser Linsey Blair hatte er Geld geboten, sehr höflich, damit sie einige Zeit lang seine Pretty Woman spielt, mit ihm ausgeht, Zeit mit ihm verbringt, inklusive Sex. Man ist ja schließlich erwachsen. Linsey hat ihm die kalte Schulter gezeigt und erwidert, dass sie zwar in ihren Filmen kein Problem mit den abgedrehtesten Szenen hat. Aber privat ist sie keinesfalls käuflich, das lässt sich mit ihrer Ethik nicht vereinbaren.

Wie auch immer man (Mann) so etwas verstehen soll. Downey jedenfalls verstand diese Logik nicht. Tags darauf sah man ihn in der privaten Kapelle der Downeys, im Zwiegespräch mit Gott. Er wollte tatsächlich von Gott wissen, wieso eine versaute Pornodarstellerin ihm gegenüber die Moralistin spielt, wo er doch so freundlich Geld geboten hatte? Gott gab ihm weder eine Antwort noch ein Zeichen. Nur wenig später erreichte ihn die Nachricht von der Doppelgängerin durch Mike Chan. Die Frau wäre die perfekte Zwillingsschwester der Linsey Blair. In dem Moment knallte in Downey wieder einmal etwas durch. Er eilte zurück in die Kapelle und zündete zwei Kerzen an, eine für Linsey Blair und eine für Juliane Kleinert.

Gott hat ihm doch noch ein Zeichen gesendet. Gott hat seine Gebete erhört. War Gott nicht immer schon auf seiner Seite gewesen? Hat er nicht durch ihn seine, Peyton Downeys Feinde vernichtet? Gott erwartet von ihm, Peyton Downey, diese teuflische Zwillingsgeburt zu vernichten. Gott liebt ihn.

Elena Downey, vom Lichtschein hinter den bunten Kapellenfenstern angelockt, erschien nun auch in der Kapelle und fing an, mit den umherschwirrenden Engeln zu Beten. Downey war irritiert. Was hatte Gott sich nur dabei gedacht, ihm dieses Ding von einer Ehefrau aufzuhalsen?

Juliane streckt sich und dreht sich, ohne die Augen zu öffnen, nochmals um. Ihr rechter Fuß berührt dabei einen der Bettpfosten am unteren Ende. Sie wendet sich auf den Rücken. Ihr Unterbewusstsein fängt an, sich mit der ungewohnten Berührung zu beschäftigen. Da ist etwas, was da eigentlich nicht sein durfte. Die unbewussten Gedanken klopfen so lange hartnäckig in Julianes verschlafener Traumwelt an, bis sie plötzlich wach wird und die Augen öffnet.

Einige Sekunden lang weiß sie nicht, wo sie sich befindet. Bettpfosten mit massiven Eisenringen, Eisenringe an den Wänden eine grobe Holztür ohne Türklinke. Verdammt, was ist hier los?

Sean Harris bewohnte das Landhaus, das er vor Jahren von seinem verstorbenen Mentor geerbt hatte, noch immer. Dieter Faist und Sean waren Gleichgesinnte und Geschäftspartner. Hauptsächlich im Auftrag für Magazin-, Buch-, und Filmverlage produzierte das Team Fotoreihen und Filme, von harmlos sexy bis Hardporn. Alles was die Kunden wünschen und was geeignet ist, gute Dollars und Euros abzuwerfen. Die Locations waren vorgegeben, die Modells vor Ort. Die Arbeit machte allen Beteiligten Spaß.

Darüber hinaus hatten die beiden einen begrenzten Privatkundenkreis. Aus Harris, Faist und ihren privaten Kunden wurden über die Jahre mehr als nur gute Bekannte. Es war so etwas wie eine eingeschworene Szene, über Länder und Kontinente hinweg. Die Privaten brachten ihre Modelle, meist unfreiwillige oder nichts ahnende Personen, mit. Faist und Harris hielten dafür vier Einzelzellen verfügbar. Man könnte es Vollpension mit Betreuung nennen.

Und so geriet Juliane Kleinert vorübergehend in Harris Obhut. Außerdem wohnten zwei von Downeys Männern im Haus, die sich die nächsten Tage um das Mädchen kümmern sollen. Die beiden Betreuer nahmen als Erstes Julianes Maße, Größe und Gewicht und machten ihr, ohne es zu wollen, ein bisschen Angst, weil Juliane doch so gar nicht wusste, was mit ihr geschehen würde. Für sie blieben die Dinge im Unklaren. Dann trafen Kleidungsstücke und Anweisungen von Downey ein. Nach Filmszenen aus einem der Filme mit Linsey Blair soll ein Hotelzimmerset nachgebaut werden.

Währenddessen heulte, fluchte, trommelte Juliane gegen die Türe ihrer Zelle, das machte auf niemanden Eindruck. Man holte sie zu den Malzeiten und zum Duschen aus ihrer Zelle, bevor sie sich wieder ankleiden durfte, wurde sie auf etwaige Verletzungen oder blaue Flecken untersucht. Man wollte ja nicht den Zorn vom Boss auf sich lenken. Juliane kam sich dabei vor wie ein Handelsobjekt, so als würde sie ein Kleidungsstück einer Kollektion prüfen. Ihr Flehen und Bitten nützte auch nichts, die Männer machten einfach ihren Job, so viel war Juliane schon nach Kurzem klar. Nur die brennende Frage blieb, was sollte mit ihr geschehen? Spaßeshalber wird sie bestimmt nicht in der Zelle festgehalten.

In Julianes Kopf herrscht Chaos. Sie wollte zu gerne erfahren, in was für eine verrückte Situation sie hier hineingeraten war. Ich bin für die Typen Luft, dachte sie. Die reden nicht mal mit mir. Die holen mich ein paar Mal am Tag aus dem Zimmer … nee. Mit den schweren Eisenringen an den massiven Bettpfosten, Eisenringen an den Wänden, ja sogar an der Decke ist das unter Garantie eine Folterkammer. Die holen mich aus der Folterkammer, setzen mich an ihren Tisch und geben mir zu essen, was auch sie essen. Seltsam? Heute gibt's Pizza, ich mag Pizza, aber nicht hier, zusammen mit den Verrückten. Gestern war einer von ihnen für kurze Zeit weggefahren und kam mit dampfend heißem Rumpsteak, Kartoffeln und Gemüse zurück. War gar nicht schlecht. Vielleicht sollte ich mich bei denen auch noch bedanken? Dazu wird's aber nicht kommen.

Die beiden kräftigen Kerle scheinen zusammenzugehören, reden Englisch miteinander. Nein halt, das ist Amerikanisch-Englisch. Die Worte fliesen wie ein dünner Babyscheißbrei aus ihren Mündern heraus. Bei den Frauen hört sich das Amerikanisch noch schrecklicher an. Die sprechen alle irgendwie wie Daisy Duck, fehlen nur noch die Entenschnäbel. Das kommt davon, wenn die Kinder schon in der vierten Generation mit Walt Disney und diesem Gequake aufwachsen. Ich verstehe sowieso nicht viel von der englischen Sprache. Hm ... da wäre ... Coca Cola. I Love you. Nee, bestimmt nicht. How are you. Where you going to, was auf Schwäbisch so viel heißt wie, wo gosch' na. Also eine Unterhaltung kommt so nicht zustande. Der Dritte spricht zwar auch Englisch, aber das hört man sofort, dass der Deutscher ist.

Ich werde noch verrückt. Was haben die mit mir vor, sollte ich Angst um mein Leben haben? Einmal wollte ich das Haus einfach mal so verlassen. Bin zur Türe gelaufen, als gerade keiner geguckt hat, keine Chance. Einer der Dicken stemmte sein Gewicht hoch und bringt mich zurück an den Tisch, oder besser, trägt mich an den Tisch zurück. Meine Füße waren jedenfalls nicht auf dem Boden. Wenn der mich zusammenfaltet, verschnürt und in eine Sporttasche steckt, kann der mich als Handgepäck sonst wohin mitnehmen.

Und wo ist eigentlich Tom? Hat der mich hierher gebracht oder ist er tot? Vielleicht will man mich verkaufen, an irgendeinen Spinner, oder einen Sammler, einen Frauensammler? Einen, der Frauen wie Briefmarken sammelt. Das würde dann auch die pflegliche Behandlung erklären. Was könnte ich wert sein? Vielleicht taucht wirklich ein Käufer auf? Und was macht der dann mit mir? Mensch – Mensch!

Ich schätze vier Tage, ja ziemlich genau vier Tage bin ich jetzt schon im diesem Haus. Immer die gleichen Typen, die mir bestenfalls mal Befehle geben. »Shut up, go on!« und ähnliche Unfreundlichkeiten.

Eines schönen Tages, draußen war tatsächlich sehr schönes Wetter an diesem Tag, war das Filmset fertig zusammengezimmert. Downey kam am Nachmittag via Frankfurt, um seinen privaten Porno zu drehen.

Juliane hört, wie ein Wagen kommt. Die drei Aufpasser sind im Haus, also irgendjemand kommt. Erstaunlicherweise wird Juliane kurz darauf aus ihrer »Folterkammer« geholt und ins Badezimmer gebracht. Sie soll sich duschen. Was denn, schon wieder? Aber sie tut es, denn wenn sie sich weigert, helfen die beiden Aufpasser nach. Das hat sie schon sehr eindringlich erlebt. Wobei »eindringlich« durchaus wörtlich zu nehmen ist. Die Typen hatten ihre Hände und Finger überall, und es machte ihnen nicht das Geringste aus, dass ihre Kleidung nach der Behandlung völlig durchnässt war. Wahrscheinlich war das für sie noch ein Riesenspaß. Warum aber sollte sie den beiden zu noch mehr Spaß verhelfen? Juliane ist trotzdem angespannt, irgendetwas wird heute geschehen. Die Ungewissheit dieser Situation, was geschehen wird, das ist für Juliane im Moment das Schlimmste.

Fertig, sauber und rein bringt man sie wieder nach unten. Zu Julianes Verblüffung wird sie von einer aufregend schönen Frau erwartet, die wird so um die dreißig sein. Das Auffälligste an ihr ist ihre unglaublich rote Haarpracht, sie sieht aus wie Satans Braut. Wenn Juliane wüsste, wie recht sie damit hat.

Die Frau stellt sich nicht vor, warum auch? Ich bin ja nur das Mädchen aus der »Folterkammer«. Sie winkt mich zu sich, ich soll mich setzen. Auf dem Tisch ein geöffneter, ziemlich umfangreicher Schminkkoffer. Daneben liegen einige Fotos von mir. Nein, das ist zwar mein Gesicht, aber nicht ich, diese Art von Kleidung würde ich keinesfalls tragen, das sind überhaupt nicht meine Farben. Die Fotos wurden in einem Hotelzimmer gemacht, so sieht es jedenfalls aus. Aber daran kann ich mich auch nicht erinnern, dass ich jemals in so einem Zimmer war. Ich hatte ja schon einige Male einen Filmriss, aber trotzdem. Es wird immer Mysteriöser.

Sie fordert mich auf, dass ich mich ausziehen soll. Ich ziere mich etwas vor der fremden Frau. Sie zeigt mir die flache Hand und ist offenbar bereit mir ein paar zu klatschen. Außerdem sehe ich in ihrem überdimensionalen Schminkkoffer Handschellen, Riemen und Ledermanschetten liegen, oh, oh. (Wie konnte ich ahnen, dass diese Dinge zum Eigenbedarf der roten Satansbraut gehören.)

Ich soll still und gerade stehen. Die Frau hält mir eine Schablone vor die Brustspitzen und sprayt mir fast doppelt so große und etwas dunklere Warzenhöfe auf meine Brüste. Vielleicht will man mich für ein Verbrechen benutzen. Ich werde als Entführungsopfer vorgeführt, um einen Millionenbetrag zu erpressen? Möglicherweise ist die Entführte längst tot und ich muss als geknebeltes Double herhalten. Jetzt hält sie mir Dessous hin, ziemlich nuttiges Zeug. Meine Brustspitzen liegen offen in den Halbschalen des BHs, also doch keine Erpressung, irgendetwas Sexuelles. Nun muss ich die Oberbekleidung anziehen, nein anlegen, und werde umgehend in ein Nebengebäude gebracht.

Offenbar ein Foto- oder Filmstudio. Ich sehe Kameras, drei Stück, und Scheinwerfer. Die Kulisse entspricht haargenau dem Hintergrund der Fotos. Jetzt bin ich im Bilde. Ich denke, ich weiß genau, was das wird. Die Hauptdarstellerin ist vor Beendigung der wichtigen Schlusssequenzen gestorben und ich muss nun für die Tote die letzten Szenen schauspielern. (Ziemlich nahe dran, Juliane.)

Die Rote platziert mich in der Kulisse, offenbar erwartet man keinen Text von mir. Ich schaue mich um, es wird immer seltsamer. Minuten vergehen. Die Kameras sind in Betrieb, ich werde gefilmt, soll ich lächeln oder zur Decke hochschauen. Es scheint den Leuten egal zu sein. Jetzt betritt ein Mann die Kulisse. Ich kenne ihn nicht, habe ihn noch nie gesehen. Er begrüßt den Deutschen, der die Kameras und die Technik bedient. »Hallo Sean!« Der Mann ist gut gekleidet, er hat etwas Chefmäßiges an sich. Na ja, Tom hatte auch etwas »Chefmäßiges« und hat mich trotzdem verkauft oder belogen oder was auch immer?

Der Mann kommt zu mir und redet auf mich ein, in einem ganz normalen Ton. Ich verstehe wieder nur Bruchstücke von dem, was er spricht, und weiche ganz instinktiv etwas zurück. Er quatscht noch eine Weile weiter, dann legt er seine Hand auf meinen nackten rechten Schenkel, mir wird ganz komisch zumute und ich rücke noch ein Stück weiter ab. Der nette Onkel zieht mich mühelos wieder zu sich heran, mir schwant Schreckliches. Mein Herz rast und schlägt mir bis zum Hals hoch.

Jetzt fummelt er an meinem gerade erst angelegten Nutten-Outfit herum, mir wird ganz heiß, ich habe hier rein gar nichts unter Kontrolle. Der Mann ist mir extrem behilflich, dieses Nutten-Zeugs loszuwerden. Ich kriege langsam den Horror.

»Hören sie auf!«, rufe ich. »Was wollen sie von mir?«

Es ist ihm, wie es scheint, egal, was ich sage. Unsensibel reist er mir die Klamotten vom Körper, dann bin ich nackt, bis auf den BH, der meine Brüste dem Manne entgegenzustrecken scheint: Da, bediene dich! Mein eigener BH fällt mir in den Rücken, Verräter, ich bin verloren. Ich fange an zu schreien. Der Typ verschließt mir den Mund mit dem gerade heruntergezurrten, zusammengeknüllten Höschen, dann hebt er die Bluse vom Boden auf und dreht sie zu einem Kordelstrang zusammen, legt sie über den Höschenknebel und knotet die Enden hinter meinem Kopf zusammen.

»Grmpfnmng!« Ich glaube nicht, dass er die Beschimpfung verstanden hat. Aber er hat mir ja vorher auch nicht zugehört. Meine abwehrenden Arme fasst er schraubstockmäßig hinter meinem Rücken zusammen. Dann richtet er mich auf, wie eine Puppe, hält mich und meine provokant hochgestellten Brüste

triumphierend vor die Kamera. Ich weiß nicht, wohin ich schauen soll, so ekelig ist diese Zurschaustellung.

Jetzt reißt er mir auch noch den BH vom Körper und wirft mich, so als wären meine 52 Kilo nichts, auf das Bett der Hotelzimmerkulisse. Nun habe ich nur noch die viel zu hohen High Heels an den Füßen, mit doppelten Riemchen um die Fesseln geschnallt. Die Rote hatte mich beim Gehen stützen müssen, sonst hätte ich höchstens zwei oder drei Schritte geschafft in den Dingern, oder ich hätte mir die Knöchel gebrochen.

Meine Handgelenke sind schon wieder hinter mir im Schraubstock, und jetzt fängt er an, mir an der Muschi herumzuspielen. Ich glaube, ich spinne, der Kerl wird mich vergewaltigen. Er lässt los und fängt an, sich zu entkleiden. Ich drehe mich zur Seite, möchte wegrennen, aber mit diesen turmhohen, dünnen Absätzen, keine Chance. Ich sollte dem Kerl mit den Stilettos die Augen ausstechen. Der Gedanke zaubert mir für einen Moment ein Lächeln ins Gesicht. Aber dann bringen mich diese Schweine sofort um, es ist zum Verrücktwerden. Ich komme hier nicht raus.

Ich habe mal irgendwo gelesen, als Vergewaltigungsopfer soll man mitspielen, das erhöht die Überlebenschancen. Was für ein Scheiß! Wäre ich mit diesem Arschloch allein, würde ich ihm mit meinen Scharfen Fingernägeln die Augen auskratzen. Dann ist er schon wieder über mir und fängt an, mich zu ficken. Das Schwein schiebt seinen dreckigen Schwanz in mich rein, ganz so als wäre ich nichts anderes als seine Faust.

Ich bin hilflos, der Mann hat einfach zu viel Kraft. Keine zwei Minuten und er kommt. Scheiße, voll rein. Wenn er es wenigstens über mir abgespritzt hätte, aber so, hoffentlich werde ich von dem Idioten jetzt nicht auch noch schwanger. Komisch, was einem so alles durch den Kopf geht, ich sollte mir wirklich um andere Dinge Sorgen machen, als schwanger zu werden, denn mit ziemlicher Sicherheit steht mein Leben auf dem Spiel. Der macht weiter, jetzt fickt er mich noch mal.

Zehn Minuten, schwer zu schätzen. Ich glaube, da kommt

nichts mehr, der hat beim ersten Mal alles abgespritzt, da kommt nichts mehr nach. Der Arsch will sich auf mir noch mal einen abkaspern, aber ich bin total trocken. Auch die drei Fingerbreit Speichel, die er mir in meine Muschi schmiert, bringen da nichts, so hat der auch keinen Spaß mehr. Ich bin verkrampft und es tut nur noch weh. Ganz plötzlich hört er auf und lässt mich einfach so liegen. Der Kerl glaubt seine Klamotten zusammen und verlässt das Studio, ohne sich noch einmal nach mir umzusehen.

Meine Bewacher kommen und bringen, zerren, schleifen mich in meine Zelle zurück. Ich heule, ich merke, wie mir der Rotz aus der Nase läuft. Dann habe ich eine Weile zu fummeln, bis ich den ekeligen Knebel losmachen kann. Ich falle aufs Bett, das jetzt zu meiner Zufluchtsstätte geworden ist, und heule, bis meine Aufpasser zurückkommen. Man bringt mich in eines der Badezimmer und dann nach unten für das Abendessen, ganz so, als wäre das heute alles gar nicht geschehen.

Während des Essens fühle ich mich wie Dreck, ich schaue niemanden an, kann kaum etwas essen. Ich habe das sichere Gefühl, dass das, was heute geschehen ist, eine einmalige Sache bleiben wird. Das war keine Vergewaltigung – doch, natürlich war das eine Vergewaltigung, aber darüber hinaus war das, was da Geschehen ist, eine Inszenierung. Man hat mich für irgendeine Schweinerei benutzt und wahrscheinlich werde ich sowieso nie dahinterkommen, worum es dabei geht. Doch die Frage bleibt, jetzt, wo es vorbei ist: Was geschieht nun mit mir?

In Baltimore zurück, begab sich Peyton Downey als Erstes in die Familienkapelle, um Gott für seine großen Güte zu danken, und vermutlich meinte er es tatsächlich so. Wer kann schon in die irren Gehirnwindungen eines Peyton Downey hineinschauen.

»Ich gehe Eis essen, Mama«, sagte Sabine beiläufig im vorbeigehen zu ihrer Mutter.

»Mit Karin?«

»Neiin ...«

»Allein?«

»Neiiin ...«

»Nun sag schon, muss ich jedes Wort einzeln aus dir herausholen.« Frau Fischer, die sich auf ihre Intuition etwas einbildet, hatte Lunte gerochen.

»Ähm ... mit Heiner«, sagte Sabine vorsichtig.

»Heiner – Heiner wer?«

»Heiner Falke.«

»Ja, und, wer ist das?«

»Aus meiner Klasse, kann ich jetzt gehen?«

»Pass bloß auf!«

»Ich pass auf!«

Später wird Sabine zu Heiner sagen: »Meine Mutter hat gesagt, du sollst aufpassen!«

Heiner verstand und musste schmunzeln. »Deine Mutter ist ja voll cool, dass sie so viel Vertrauen in mich hat, aufzupassen. Ich verspreche dir, dass ich aufpassen werde.«

Darauf Sabine: »Das hat sie natürlich nicht gemeint, sie sagte, ich soll aufpassen.«

»Erklär mir mal, wie das gehen soll. Wenn du aufpasst, geht's doch voll in die Hose«, sagt Heiner.

»Das wäre ja dann nicht so schlimm, wenn's in deine Hose geht.«

»Also hängt's doch voll an mir, und ich bin es wieder mal, der aufpassen muss.«

Die beiden lachten sich schief, und es hätte noch den ganzen Nachmittag so weitergehen können, wäre nicht Heidi aufgetaucht, ziemlich down und irgendwie fertig.

»Meine Schwester ist weg!«

»Wo?«, fragt Sabine.

»Keine Ahnung, niemand weiß was.«

»Was soll das heißen, niemand weiß was?«

»So wie ich es sage, Juliane ist verschwunden!«

»Die wird bei irgendeiner Freundin sein, oder bei 'nem Typen!«

»Ist sie nicht. Ihr Chef hat angerufen, sie ist nicht ins Geschäft gekommen.«

»Und das heißt?«

»Wenn Juliane nicht im Laden erscheint, ist irgendetwas passiert.«

Alle grübeln, niemand hat eine Idee, sie lassen die Köpfe hängen und schauen etwas ratlos drein.

»Vielleicht hatte sie einen Unfall und liegt jetzt irgendwo im Graben«, bricht Heiner das Schweigen.

Sabine sieht Heiner an und verzieht ihr Gesicht, was so viel heißen mag wie: Erzähle der Heidi nicht so einen Horror. Zu Heidi sagt sie:

«Wir müssen jetzt einfach abwarten, wenn wir was hören ... du weißt schon.«

»Ja, Danke, ich geh dann, tschüss!«

»Ja, tschüss!«

»Was können wir jetzt machen«, fragt Sabine den Heiner und löffelt in ihrem Eis.

»Nichts, wenn sie zu niemandem gesagt hat, mit wem und wohin sie gegangen ist, kann man nichts machen. Die Kleinerts müssen jetzt zur Polizei und die Juliane, so heißt sie doch oder, als vermisst melden.«

Danach war die Stimmung eine Weile nicht mehr ganz so spaßig.

»Komm mit zu uns nach Hause, ich werd's meinem Vater erzählen.«

»Zu dir ... nach Hause?« Heiner macht große Augen.

»Ja, was hast du?«

»Ist das nicht a bisserl zu hastig, wir sind ja noch nicht mal verlobt.«

Sabine bog sich schon wieder vor Lachen, dann lachte auch Heiner und dann alle beide.

»Na komm schon!«

»Oh Mann!«

11

Rückblende
Deckname Colonel

Einer seiner ganz speziellen Kunden von Gleichgesinnten meldete sich bei Dieter Faist.
»Film und Fotostudio Faist und Harris!«
Bob meldete sich, mit dem Faist und Harris eine verschwörerische Neigung verbindet:
»Dieter, wir müssen uns unterhalten. Ich arbeite an einem größeren Filmprojekt und für die Schlusseinstellung benötigen wir dein geschlossenes Hofgelände.«
»Okay Bob, ich komme dann nach Geschäftsschluss zum üblichen Treffpunkt.«
»Thank's Dieter!«
»Zur gewohnten Zeit, Bob?«
»Sure Dieter, Bye!«
»Bye Bob!«
So weit der Verlauf des kurzen Telefonates.

Der Offizier und Dieters Kumpan, für den Faist unter dem Decknamen »Colonel« Fotos und Filme produziert, ist bereits im El Dorado anwesend. Für Faist und Harris nennt er sich kurz Bob, was sicherlich nicht sein richtiger Name ist, ebenso wenig wie der Deckname Colonel, Dienstgrad eines Obersten, nicht seinem tatsächlichen, militärischen Rang entsprechen dürfte.

Der Südstaatler Bob führt in seinem privaten Leben eine kleine paramilitärische Truppe an, mit einer Affinität zum Geheimbund Ku-Klux-Klan. Es sind die Mitglieder seiner Terrorgruppe, die ihn Colonel nennen. Einige Leute dieses Zirkels sind reguläre Angehörige der US-Streitkräfte, von denen wiederum einige direkt seinem militärischen Kommando unterstehen.

Es ist früher Abend, als Faist im El Dorado eintrifft. So eine Art Westernkneipe und Steakhouse, das hauptsächlich von US-Militärangehörigen besucht wird. Richtig viele Leute sind noch nicht anwesend. Ein paar Männer spielen an den Snooker-Tischen im hinteren Bereich.

Bob und Faist begrüßen sich wie gute, alte Freunde. Wer würde dabei vermuten, dass sich an diesem freundlichen Ort zwei Mörder zu ihren unfreundlichen Taten verabredet haben. Bob redet in einem normalen, freundschaftlichen Ton, ganz so als würden sie hier über die aktuellen Basketballergebnisse sprechen und nicht über das Grauen, das die beiden planen.

»Wie ich am Telefon schon sagte, die Schlusseinstellungen des Filmprojektes werden im Innenhof deines Landsitzes gedreht. Meine Männer werden die Kulissen aufbauen, das geht ganz schnell. Ich habe hier eine Zeichnung der Szenerie, siehst du! Da werden vier Pfähle aufgerichtet. Dahinter schichten die Männer Sandsäcke auf und drum herum werden noch verschieden militärische Gegenstände platziert. Das sieht dann alles ein wenig wie im Krieg aus. Ich werde das T-Bone-Steak nehmen, ich habe jetzt richtig Hunger. Wie ist es mit dir, isst du auch etwas?«

Auch Faist hatte richtig Hunger.

Sie hatten die vier hübschen, jungen Frauen richtig besoffen geredet. Dies wäre der ideale Einstieg für sie, richtige Schauspielerinnen zu werden. So wurde eine nach der anderen geködert. Bob hat sehr gute Kontakte bis nach Hollywood und New York, wurde den Frauen weißgemacht. Übrigens der einzige Punkt des ganzen Castings, der nicht gelogen war. Es handele sich um eine Art Kriegsfilmparodie, und die vier jungen Damen hätten dann gute Chancen, darauf aufbauend in der Welt des Kinos berühmt zu werden und aufzusteigen. Schöne Kleider und Reisen bis nach Puerto Rico.

»Wo ist das denn?«, wagte eine zu fragen.

»Schöne Insel in der Karibik. Immer Sonnenschein und

schön warm, coole Drinks. Wohltemperiertes blaues Meer lädt zum Baden ein, direkt vor der Haustüre.«

Das Wörtchen »schön« wurde so oft eingeflochten, dass es einem normalen Menschen kaum möglich ist, den Versprechungen zu widerstehen, geschweige denn an vier hoffnungsvollen jungen Frauen wirkungslos abzuprallen. Jede einzelne von den vieren war danach geneigt, an eine ideale Welt und an den Lieben Gott persönlich zu glauben.

Mit den guten Kontakten, die Bob vorgab, meinte er natürlich nicht die echten Filmproduzenten Hollywoods. Gut, zu diesen Leuten hat er natürlich auch die eine oder andere persönliche Beziehung. Dass es sich dabei um ein Netzwerk, um eine verschwörerische Gruppe hochgestellter Persönlichkeiten handelt, verschwieg er natürlich geflissentlich. Wer würde auch glauben oder wissen wollen, dass über Kontinente hinweg eine Elite, eine Connection mächtiger Personen mit so abartigen Neigungen existiert. Mit solchen Nebensächlichkeiten wollte man die jungen Damen nun wirklich nicht unnötig beunruhigen.

Bob nahm als junger Offizier nach dem Krieg an Kriegsverbrecherprozessen und an deren Aufarbeitung Teil. Er hatte die Aufgabe, Aussagen von Wehrmachtsangehörigen, SS-Leuten und Polizisten zu Protokoll zu nehmen.

Für Bob sind alle Deutschen Nazis. Als guter Amerikaner baut er auf fundamentale Bibeltexte wie Auge um Auge und Zahn um Zahn. Und schlussendlich gibt es da auch noch die gewaltsexuelle Komponente des abgedrehten Psychopathen.

»Hör mal, Biene!«

»Ja, Mami?«

»Hat sich der Heiner schon mal die Haare gekämmt, ich meine, irgendwann einmal in seinem Leben?«

»Ach so, ja, ich weiß nicht, hab noch nicht darüber nachgedacht. Ich werde ihn mal fragen.«

»Lass nur, ist nicht so wichtig.«

»Doch, doch, ich will das jetzt wissen!«

»Unterhalb der Haare sieht er ja ganz nett aus, wie lange kennt ihr euch denn schon?«

»Wie meinst'n das, ein paar Jahre, wir gehen doch in dieselbe Klasse.«

»Und wie lange kennt ihr euch?«

»Warte mal, ganz genau, also ähm, seit gestern Abend um genau zu sein. Zufrieden Mami.«

»Jetzt nimm den Teller mit den Keksen und geh raus, Heiner wird schon unruhig. Ich glaube, er fühlt sich nicht so richtig wohl.«

»Und komm uns bitte nicht mit heißer Schokolade, Mama, ich nehme uns zwei Colas mit raus.«

Heiner scheint irgendwie erleichtert, als Sabine mit den Keksen aus der Küche kommt.

»Wann kommt denn jetzt dein Vater?«

»Müsste eigentlich schon da sein. Hier bitte, Heiner, selbst gebackene Kekse, meine Mutter ist die absolute Kekse-Queen.«

Es fehlt nicht viel und die zwei fangen gleich wieder an zu Lachen.

Aber dann kommt Sabines Vater zur Türe herein.

»Hallo Spätzchen, du hast Besuch?«

»Ja ... ähm, das ist der Heiner, wir wollten mit dir reden, Papa.«

Michael Fischer macht große Augen.

»Oh Gott, weiß es deine Mutter schon?«

»Was soll sie wissen? Ach quatsch, was du wieder denkst, Papa. Heidis Schwester wird vermisst.«

»Guten Tag, Herr Fischer, sagte Heiner«, ganz anständig und aufgeräumt.

»Ja, auch guten Tag! was ist mit dieser Schwester?«

»Wir waren doch gestern bei Heidi Kleinert auf unserer Klassenparty.«

»Ja und?«

»Ihre Schwester Juliane kam am Abend heim, später ging sie wieder weg und seither hat sie niemand mehr gesehen.«

»Seit gestern, das ist normalerweise noch kein Grund, eine Vermisstenanzeige zu machen. Die meisten tauchen schon bald wieder auf. Wenn sie in den nächsten Stunden nichts von sich hören lässt, müssen die Kleinerts zur Polizei.«

»Du bist doch die Polizei, Papa!«

»Stimmt, aber das machen andere Kollegen.«

»Die Heidi war ziemlich aufgeregt heute Nachmittag, sie sagte, das gibt es nicht, dass Juliane nicht an ihrem Arbeitsplatz auftaucht. Was kann man jetzt machen?«

»Die Kleinerts machen die Vermisstenanzeige. Dann werden mögliche Zeugen befragt und sie wird als vermisste Person ins System eingestellt.«

»Und dann?«

»Wenn es gar keine Hinweise geben sollte, kann man nur noch abwarten. Tut mir leid, so ist das.«

»Warten worauf?«

»Dass es neue Hinweise gibt.«

»Was ist mit euch, ihr seht so komisch aus?«, fragt Frau Fischer beim Hereinkommen.

»Ja, weißt du, Schatz«, antwortete ihr Mann verschwörerisch, »deine Tochter und der Heiner dachten, sie müssten mal mit mir reden.«

»Sabine!«

»Du jetzt auch noch, Mama. Was denkt ihr eigentlich von uns?« Heiner rötete sich ein bisschen. »Es geht um Juliane, Heidis ältere Schwester, Mama.«

»Um ihre Schwester? Und was hat das mit dir und Heiner zu tun?«

»Gar nix, sie ist verschwunden. Sie kam während unserer Klassenparty nach Hause, ging wieder weg und ist seither verschwunden«, wiederholt Sabine ein weiteres Mal die Story.

Frau Fischer schaut ihren Mann an und verzieht ihre Mundwinkel. Da hasst du's, soll das wohl bedeuten. Siehst du, was auf solchen Partys alles passieren kann!

»Mama! Die Juliane wohnt in dem Haus, das hatte mit unserer Party rein gar nichts zu tun.«

»Siehst du«, antwortete Michael Fischer mehr mit Blicken als mit Worten in Richtung seiner Frau.

»Na«, sagt Frau Fischer, »hoffentlich ist der Juliane nichts passiert.«

»Das haben wir auch schon gehofft, Mama.«

»Ich gehe Kaffee machen. Für dich mache ich heute auch Kaffee, Sabine, und du Heiner?«

Sabines Kinnlade fiel tatsächlich runter, was nicht sehr oft vorkommt.

»Für mich bitte auch«, antwortete Heiner verbindlich.

Sabines Vater war schon dabei, sich feierabendfein zu machen, und Sabine flüsterte Heiner ins Ohr:

»Von mir aus kann die Kleinert ruhig öfter mal verschwinden. Das ist irgendwie förderlich für meine Entwicklung. Ich glaube, Mama ist verwirrt. Gestern war sie noch der Meinung, ich wäre zu jung für'n Kaffee.«

»Wir können ja auch gleich noch ein paar Leute verschwinden lassen, das währe dann extrem förderlich«, schäkerte Heiner.

»Was habt ihr beiden denn zu lachen?«, tönt es aus der Küche.

Rückblende
Wie wird man ein Star?

Liselotte, also Lilo, wie sie unter Freundinnen genannt wird, macht sich heute Morgen extrafein. Sie wird ein Filmstar werden. So in der Art jedenfalls hatte es ihr der nette ältere Herr mit dem amerikanischen Akzent, der gerade so sehr in Mode ist, versprochen.

Lilo betrachtet ihr Abbild im Badezimmerspiegel. Wie der Filmagent schon richtig bemerkt hatte, die Bardot sieht mir schon ein wenig ähnlich. Und wenn die Bardot es auf die Leinwand geschafft hat, müsste das doch für die Liselotte ein Kinderspiel sein, so ihre Schlussfolgerung. An Selbstbewusstsein hatte es der Liselotte noch nie gemangelt. Sie wusste, dass es irgendwann so kommen musste.

Schon seit der Schulzeit standen alle Jungs in Freudenstadt im Schwarzwald auf sie. Sie hatte freie Auswahl. Lilo gewährte die Gunst, nein sie verlieh geradezu die Gunst demjenigen, der sie ausführen durfte. Dass es hauptsächlich der Ruf war, sie ohne große Umstände auf den Autorücksitz zu bekommen, dieser Gedanke kam Liselotte nicht in den Sinn. Sie genoss ihre Popularität in vollen Zügen.

Eine Autostunde weiter südlich kommt Carola nicht ganz so selbstbewusst aus dem Badezimmer. In ihr nagen Zweifel. Sie kann sich nicht vorstellen, dass man so einfach, von jetzt auf nachher in einem Kinofilm mitspielen kann. So etwas gibt es allenfalls und wenn überhaupt nur in Romanen und nicht in ihrer verschlafenen Kleinstadt.

Andererseits musste sie an ihren Freund, ihren verflossenen Freund denken. Der behauptete doch immerzu, »du siehst aus wie die Loren!« Der Depp, soll er doch zu seiner Loren gehen. Sie selbst war sich da auch gar nicht so sicher. Aber wenn sie dann ihr Spiegelbild etwas eingehender betrachtete und mit dem Titelbild einer Illustrierten verglich, hatte sie tatsächlich den Eindruck, dass besonders Mund- und Kinnpartie, aber auch ihre Haare der italienischen Schauspielerin etwas ähnlich sahen. Und da waren ja auch noch die geschwungenen Hüften, über deren Vorhandensein sie weniger glücklich war. So betrachtet, war da schon etwas Loren-Italienisches an ihr dran.

Carola ging aus dem Haus und möglicherweise hinein in ein neues Leben, das ihr aber auch ein kleines bisschen Angst macht.

Ein schöner, sonniger Tag. Christine tritt durch die Haustüre hinaus ins Licht, es scheint ihr fast ein Symbol für ihr weiteres Leben zu sein. Sie will die Chance nutzen, die ungeliebte Fabrikarbeit ein für allemal hinter sich zu lassen. Die Arbeit ist nicht besonders schwer, aber acht Stunden täglich steht Christine unter dem immer gleichen, einseitigen Druck, gepaart mit einer absoluten geistigen Leere. Und wohin das führt, kann sie an ihrer Mutter sehen. So weit will sie es keinesfalls kommen lassen.

Christine macht sich ohne zu zögern auf den Weg in das Stadtkaffee im Zentrum, das sie mit den Leuten vom Film als Treffpunkt vereinbart hatte.

Rita hörte immer noch die Worte, die der Filmagent während des Bewerbungsgespräches zu ihr gesagt hatte. »Sie sind die zweite Monroe, die Leinwand wartet geradezu auf ihr Gesicht.« Rita betritt erwartungsvoll das Restaurant, in dem sie sich mit den Filmleuten treffen wird, um den Vertrag zu unterzeichnen. Hier wird sie auch gleich erfahren, wann und wo man sie zum ersten Drehort abholen wird.

Unabhängig voneinander treffen die vier jungen Frauen im Laufe des Morgens im Stuttgarter Hauptbahnhof ein. Hier lernen sie sich auch gleich gegenseitig kennen.

Bobs Leute holen sie mit zwei Limousinen ab und karren die Frauen direkt auf ein privates Abrissgelände, eine leer stehende, ehemalige Mühle. Man führt sie innerhalb des alten Gemäuers durch die Kulissen, die eine Geheimdienstaußenstelle der Reichsflugabwehr darstellen sollen.

Auf Originalität achtet Bob dabei nur am Rande, es soll ja kein Dokumentarfilm gedreht werden. Hauptsache die Effekte und die Mädels kommen gut rüber. Die Ausstattung besteht aus

Kartentisch, Bestuhlung, Funkgerät, Parolen an den Wänden und weiteren Gerätschaften, um das Bild zu füllen.

Neben der Funkstation befindet sich eine Schlaf- und Umkleidekammer für die weibliche SS-Besatzung. Schlafen, das müssen sie natürlich nicht innerhalb der Kulissen. Man verteilt die Frauen auf zwei Hotels in der näheren Umgebung. Am folgenden Tag werden die Darstellerinnen, gerade aus ihren Hotelbetten aufgestanden, nach Ankunft am Set gleich wieder in die Betten der Schlafkammer neben der Funkstation wechseln müssen. Bob ist zufrieden, dass seine Hauptdarstellerinnen immer noch vollzählig sind. Man weiß ja nie, was den Damen über Nacht so alles in den Sinn kommt. Es ist acht Uhr dreißig, und es geht auch gleich los. Einige Regieanweisungen und viel Text haben die Mädels ja ohnehin nicht.

Gerade erst für das Frühstücksbuffet angekleidet, müssen sich die Mädchen schon wieder umziehen. Drei von ihnen sollen sich die bereitliegenden SS-Nachthemden überstreifen und sich in die grob gezimmerten Betten legen. Die vierte schiebt in schwarzer, figurüberbetonter Uniform Bereitschaftsdienst. Einige wenige Minuten friedlicher Ruhe, dann schrillt der Alarm los. Die drei, die sich eben noch schlafend gestellt haben, springen aus ihren Betten und schlüpfen hastig in ihre SS-Unterwäsche und in die Uniformen.

Von nun an herrscht für die Kamera fünfzehn Minuten lang hektische Betriebsamkeit. Schalter werden reihenweise umgelegt. Die Diensthabende spricht einen Text, der vor ihr zwischen den Papieren auf dem Kartentisch liegt, in ein Feldtelefon. Lampen flackern nervös. Vom Tonband werden Kampfgeräusche und entferntes Maschinengewehrfeuer eingespielt. Hinter den schmalen Sichtöffnungen nach draußen, blitzt und raucht es. Die Mädels machen auf Panik.

Als dann eingespielte Explosionen von Granateinschlägen und Lichtblitze direkt vor der Funkstation das Chaos perfekt machen, werfen Bobs Leute Hände und Schaufeln voller Dreck und Schotter vor den Sichtöffnungen in die Höhe. Die Mädels geben sich höchst aufgeregt. Die sollten wirklich Schauspielerinnen werden.

Klappe. Pause. Das gefilmte Material wird gesichtet. Die Akteure dürfen sich die Beine vertreten. Die Aufnahmen genügen Bobs Ansprüchen. Das, was er gesichtet hat, passt exakt in sein Drehbuch, das er in seinem Kopf mit sich herumträgt. Faist nutzt die Gelegenheit, um von den Darstellerinnen, wie Bob sie nennt, einige Fotos zu schießen. Bilder für Bobs Kinoschaukasten des privaten Kinos in seinem Haus in Kentucky.

Die Ausstattung und Aufmachung von Bobs Kino im Erdgeschoss seines Hauses steht dem eines New Yorker Broadwaykinos in nichts nach, eben nur in einer geschrumpften Version. Zwölf breite, bequeme Sessel und zwei 35-mm-Projektoren entsprechen dem neuesten technischen Standard der frühen Siebzigerjahre.

Was währe da noch? Genau, kurz gesagt, das prächtige Ambiente steht in keinem Verhältnis zu den abstoßenden Abscheulichkeiten, die hier zur Aufführung kommen. Im Übrigen gehörte ein spezieller Filmvorführraum nicht gerade in jedem amerikanischen Haushalt zum Standard. Es war wie mit allen Dingen, wer die notwendigen finanziellen Möglichkeiten hatte und den dazugehörigen Tick, der verschaffte sich den Kick. Wofür hat man denn das Geld, wenn nicht zum Ausgeben und Herzeigen?

Als Beispiel könnte man die Mode der Pullmanwagen nennen. Wir sprechen hier aber nicht von Pullman-Limousinen, Automobile der abgehobenen Art. Diese Mode entstand erst gut zwanzig Jahre später. Sondern von Eisenbahnwaggons. Ende des neunzehnten Jahrhunderts bis ins zwanzigste Jahrhundert hinein leisteten sich die Superreichen und auch Regierungen private Eisenbahnwagen, ausgestattet mit jedem nur erdenklichen Luxus und Komfort. Gehobene Mobilität, eine Art frühes Luxuscamping. So wie sich Begüterte heutzutage Luxuscamper im

LKW-Format leisten, deren Anschaffungspreis schon mal die Millionengrenze sprengen kann.

Zu den Superreichen gehört Bob gewiss nicht. Er besitzt ein ererbtes Vermögen und ist Spross und letzter Nachkomme einer alten Offiziersfamilie, mit einem fatalen Hang zu sexuell orientierten Tötungsritualen. Bob kam als junger Offizier 1954 nach Deutschland, später dann nach Korea und auf die Philippinen. Seit 1969 ist er wieder in maßgeblicher Position in Deutschland stationiert. In nicht allzu ferner Zukunft wird Bob den Dienst quittieren und höchstwahrscheinlich in die Politik wechseln.

Die Pause ist vorüber. Es ist alles vorbereitet für den zweiten Take. Es herrscht wieder Aufregung in der Kulisse. Kriegslärm wird eingespielt und kurz darauf stürmen Soldaten das Set. Sie fangen die Mädchen nacheinander ein und führen sie mit vorgehaltenen Waffen ab. Klappe.

Das Vorgeplänkel für Bobs Machwerk ist im Kasten. Was als Nächstes auf dem Plan steht, ist der nötige Zeit schöpfende Mittelteil, der jedem Kinofilm das nötige Volumen verleiht. Kurz gesagt: Gefesselte Frauen in verschärfter Kerkerhaft, unschöne Befragungsmethoden oder gescheiterte Ausbruchsversuche der verzweifelten Gefangenen, all solche Dinge eben.

12

Julianes Ängste

Juliane liegt in ihrer Kammer, sie ist verzweifelt. Nach den demütigenden Ereignissen ist ein Tag vergangen und alles in dem Haus ist wie zuvor, als wäre nichts geschehen. Abwechselnd kommen die Tränen und dann wieder der Hass auf den Mann, der sie wie ein Spielzeug benutzt hatte. Sie hasst das Haus und ihre Aufpasser. Dann fällt sie wiederholt in einen beinahe erlösenden Fatalismus. Juliane dämmert dahin, plötzlich fängt sie an zu zittern, unkontrolliert überkommt sie die Angst. Wird man sie töten? Aber gleichzeitig auch die Angst der Ungewissheit, was wird noch mit ihr geschehen? Ein Wechselspiel der Ängste von Tod und Schmerz.

Der Aufpasser, dessen Name Sean ist, gibt ihr nur ausweichende Antworten auf ihre Fragen, wenn überhaupt. »Mach dir keine Gedanken, das wird schon«, hatte er einmal gesagt, aber nicht, was werden soll. Juliane glaubt, dass die drei Typen selber nicht wissen, was werden soll.

Alles hängt offenbar von diesem arroganten Arschloch ab. Dieses Schwein trat für kurze Zeit in ihr Leben, um es ihr gründlich zu versauen. Für Juliane eine nie gedachte Konstellation. Bisher war sie immer die Herrin der Lage gewesen. Juliane bildete sich etwas auf ihre Erscheinung ein. Sie gab dem, den sie sich ausguckt hatte, kaum merkliche Zeichen. Mit Körpersprache und Blicken signalisierte sie dem Erwählten, du darfst dich an mich heranmachen.

Juliane hatte keine Vorstellung davon, dass sich an diesem Spiel jemals etwas ändern würde. Dass sie das Opfer eines Spinners oder eines Perversen werden könnte, für den sie offenbar nichts weiter als ein Ding, eine Sache war. Ein Ding, das er eben mal fickt, benutzt und danach wegwirft. Genau – weggeworfen hatte er sie, zum Glück auf das Bett und nicht auf den Boden. Da hätte sie sich ja wehtun können.

Es ist Mittagszeit, man holt sie aus ihrer Zelle. Für Juliane inzwischen alltägliche Routine. Es hat fast schon etwas Familiäres. Einer der beiden Amis kümmert sich darum, täglich das Essen zu holen. Der hat vermutlich die besseren Deutschkenntnisse. Dann ist der Dickere von den beiden sicherlich für die Grobheiten zuständig. Die Rollen sind verteilt, der Dicke ist jedenfalls nicht der Intellektuelle. Und gespart wird auch nicht. Heute kommt der Essenholer mit Rouladen, Rotkraut und was sonst noch dazugehört zurück.

Juliane isst alles auf, wie man es ihr schon als Kind eingetrichtert hatte. Sie muss bei Kräften bleiben, denkt sie sich, und trotz aller Todesängste hat sie bereits ein Kilo zugelegt. Jedenfalls ein gefühltes Kilogramm. Könnte aber auch Kummerspeck sein.

Was bleibt ist die Frage: Was werden die Kerle mit mir machen? Was, verdammt noch mal, wird mit mir geschehen?

Rückblende
Das Böse

Für den Colonel beginnt nun der entscheidende Teil, die Schlusssequenzen seines Snuff Movies unter dem Titel »Jagd auf SS-Schlampen«. Bob ist sich voll bewusst, dass es schweinisch ist, was er tut. Andererseits haben die Nazis ja nichts anderes verdient. »Auge um Auge«, da ist er mit Referent Marcus im Einklang.

Der Colonel besteht auf Authentizität. Für ihn ist Leiden und Tod einer Schauspielerin nur dann gut gespielt, wenn die Protagonistin am Ende begraben ist oder verscharrt. Wenn er zu einem Drink dann den Filmstreifen eines Snuff Movies einlegt, kann er sicher sein, dass ihm nichts vorgespielt wird. Für Bob hat der Film dann einen wirklichen Schluss und nicht nur ein Ende.

Er hat die Macht und er kostet sie aus.

Die Darstellerinnen werden in einem geschlossenen Militärfahrzeug auf Dieter Faists Hofgelände gebracht und steigen aus. Im Haus, das die vier im Übrigen ziemlich up to date und schick finden, ziehen sie sich um, schlüpfen in ihre leicht zerrissenen und angeschmuddelten Uniformen.

Nun werden die vier Frauen nochmals, mit vorgehaltenen Waffen, aus dem Militärfahrzeug getrieben. Die Mädchen wissen, was jetzt kommt. Sie sollen sich vor den vorgehaltenen Gewehren bis auf BH und Höschen entkleiden und dabei ziemlich zerknirscht dreinblicken, was den Mädchen auch überhaupt nicht schwerfällt. Sie wissen auch, dass man sie als schlimme SS-Schlampen an die aufgestellten Pfähle fesseln wird.

Bob nimmt es nun sehr genau. Carolas Handgelenke werden hinter ihrem Rücken hochgewinkelt an einen Pfahl gefesselt. Christines wird hinter ihrem Kopf zusammengefesselt angebunden. Ritas zusammengebundene Hände werden über ihrem Kopf und Liselottes gefesselte Arme hochgereckt an die Pfähle geschnürt.

Faist und Harris filmen minutenlang die arrangierten Frauen aus verschiedenen Blickwinkeln. Die Zeit verstreicht quälend langsam und die Frauen beginnen sich zu beschweren. Carola und Christine beschließen, dass der Filmjob nichts für sie ist. Liselotte wird laut: »Wann geht's denn nun endlich weiter!«

Was nun kommt, steht nicht im Drehbuch. Vier Uniformierte stellen die Gefangenen mit Knebeln ruhig. Einer nach dem anderen zieht sein Bajonett und zertrennt Höschenstoff und BH-Träger. Die zerschnittenen Teile fallen achtlos zu Boden. Die Mädchen fühlen sich überrumpelt und würden jetzt gerne lautstark protestieren, wenn sie nur könnten. Besonders weil man sie minutenlang in ihrer Nacktheit filmt.

»Eine kleine Drehbuchänderung!«

Beruhigend hört sich das aber für die Mädchen nicht an. Erst Christine, dann Carola beginnen sich ernsthafte Sorgen zu machen, eine Minute später sind alle besorgt. Zu unwirklich eskaliert die Situation. Links und rechts laufen die Kameras. Acht Männer in Uniform kommen auf den Platz und nehmen Aufstellung. Jetzt geht alles sehr schnell. Das Kommando »legt an« ertönt. Die Männer nehmen ihre Gewehre hoch.

Die vier Frauen blicken direkt in acht Gewehrläufe. Ein kurzer Moment, nur wenige Augenblicke lang, dehnt sich zu einer Ewigkeit. Vierfach krampfen sich Eingeweide zusammen. Ist das hier alles noch real, sind die Gewehre scharf? Plötzlich erscheint ihnen auch das Unmögliche möglich. Jetzt fühlen sich die Frauen direkt bedroht. Sie blicken über acht Gewehre in acht unbekannte Gesichter. Die Augen der Männer machen ihnen Angst. Die Gedanken überschlagen sich, prasseln mit aller Macht auf die Frauen ein. Flucht ist unmöglich. Um Hilfe zu rufen, zu schreien hat man ihnen verwehrt.

»Feuer!«

Acht Gewehre feuern wie ein Schuss. Das peitschende Geräusch verliert sich schnell wieder in der umgebenden Stille. Direkt am Waldrand sind Gewehrschüsse nichts ungewöhnliches. Vier Frauen sacken in sich zusammen, hängen wie in einer tödlichen Komposition arrangiert in den Fesseln.

Nach einigen Minuten fährt ein Jeep in den Innenhof, wendet und kommt knirschend neben den Pfählen zum Stehen. Ein Mann tritt von hinten an die Pfähle heran und schneidet die Stricke durch. Die Leichen fallen, eine nach der anderen zu Boden. Mit den Füßen voran werden die leblosen Körper an das Heck des Jeeps gebunden und aus dem Innenhof in eine Umfriedung außerhalb der Mauern geschleift.

Mit einem leichten Bagger aus einer Pioniereinheit, war längst schon eine schmale Grube ausgehoben worden. Die militärischen Kennzeichnungen an den Fahrzeugen hatte man vorübergehend unkenntlich gemacht. Pietätlos werden die nackten Leichname an Hand- und Fußgelenken gepackt und nacheinander in die Grube geworfen. Mit dem Bagger wird die ausgehobene Erde in die Grube zurückgeschaufelt und verdichtet. Der Spuk ist vorbei.

Bobs Leute Bauen die Requisiten ab und wenig später sieht es hinter dem Landsitz wieder so aus, als währe hier nichts Unrechtes geschehen.

Juliane

Ein weiterer Tag der Ungewissheiten. Ihre Aufpasser lassen sie mehr oder weniger in Ruhe, man nimmt Juliane wie ein unabwendbares Übel hin. Alles in dem Haus artet irgendwie zur Gewohnheit aus.

Juliane hat sich eine gewisse Vertrauensbasis erarbeitet. Sie verhält sich gegenüber den Männern relativ passiv, macht keinen Ärger mehr, was den Leuten offenbar zupass kommt. Denn auch die haben vom tatenlosen Herumhängen und dem langweiligen Aneinanderreihen der Tage so ziemlich die Nase voll. Das sind Kriminelle, denkt sich Juliane, denen wird die Situation auch ganz schön auf die Nerven gehen.

Inzwischen sperren sie sie nach den Mahlzeiten nicht sofort wieder in die Kammer, sodass sie sich im Wohnbereich einige Zeit lang frei bewegen kann. Juliane darf sich TV-Sendungen ansehen oder das Tapetenmuster. Das eine ist so interessant wie das andere. Aber immerhin besser, als ständig hinter Schloss und Riegel zu sein, wohin eigentlich diese drei Kerle gehören sollten. Ab und zu wechselt sie sogar ein paar belanglose Worte mit dem Essenholer, der etwas zugänglicher zu sein scheint. Ausfragen lässt er sich aber von ihr nicht. Ein richtiger Profi, alle Achtung.

»Hast du schon mal einen umgebracht?«, fragte Juliane den

Essenholer arglos. Seine Antwort kam völlig emotionsfrei und knapp rüber.

»Ja!«

Juliane schaudert sich, es stellen sich sogar ein paar Härchen bei ihr auf als Reaktion auf die Vorstellung, wie der Kerl ohne mit einer Wimper zu zucken ihre Lebenslinie kappen würde. Das sind nun mal Verbrecher und keine Schmusekätzchen.

Seit Neuestem hilft sie auch beim Gläser- und Tassenabspülen. Das heißt, eigentlich macht sie jetzt die ganze Abspülarbeit, was ihr die Männer hoch anrechnen, allerdings ohne es all zu offen zu zeigen. Massenmörder spülen nicht gerne ab, soviel ist klar! Juliane hat das trügerische Gefühl, nicht mehr ganz so Ausgeliefert zu sein. Noch zwei-, drei Monate und wir werden die dicksten Freunde sein. Na ja, so weit wird's dann doch nicht kommen.

Juliane überlegt, ob sie die Männer vielleicht gegeneinander ausspielen könnte? Sie ist ja diejenige mit den hübschen Augen und der lockenden Vagina! Aber sicher ist das auch nicht. Im Gegensatz zu den Typen, die sie früher so kennengelernt hatte, sind das hier alles andere als kleine Jungs.

Man weiß es ja: Mutter Natur hat bei den Männern gespart und der Einfachheit halber Aggression und Sexualität auf ein und denselben Rezeptor geschaltet. Männer sind nun mal von Natur aus einfach gestrickt. So ein Typ, der kann dich ficken und gleich darauf eine Kugel durch dein Hirn jagen. Frauen, wie beispielsweise auch Löwinnen und alle anderen Weibchen auch, haben in Millionen Jahren gelernt, damit zurechtzukommen. Man weiß es ja: Alle Last des Lebens und die Kunst, das Leben weiterzutragen, lastet auf den Frauen. Da brauchen wir uns gar nichts vorzumachen!

Die Gläserspül- und Brav-sein-Strategie scheint momentan angebracht zu sein! Mit viel Glück kann Juliane vielleicht doch noch abhauen. Die Kerle werden nachlässig. Sollte es aber ein zweites Mal schief gehen, der Dicke ohne Deutschkenntnisse hatte sie ja ruckzuck wieder am Schlafittchen gehabt, also nach einem erneuten Versuch, wird man sie dann kaum noch aus der Kammer herauslassen oder noch schlimmer: Man würde sie anketten wie einen Hund. Andererseits kann sich Juliane kaum vorstellen, dass man sie am Ende am Leben lassen wird. »Wieso lebe ich überhaupt noch?«

Irgendetwas hat dieser Oberarschlochboss von diesen Unterarschlöchern noch mit mir vor! Juliane kann ihre Gedanken nicht abstellen und kommt mit sich überein, dass ihr Leben am Ende keinen Pfifferling wert sein wird. Wahrscheinlich ist ein Fluchtversuch die einzige Möglichkeit, die ihr bleiben wird, um eventuell am Leben zu bleiben. Sie macht sich da gar nichts vor. Ein Fluchtversuch könnte allerdings schwierig werden, die Männer lassen sie keine Sekunde allein im Raum. Wenn sich also eine Gelegenheit zur Flucht ergeben sollte, muss sie sie sofort nutzen. So viel steht fest.

Juliane streift die Gummihandschuhe über und macht sich daran, die Tassen, die Gläser und die Bestecke abzuwaschen. Die Bestecke …? Mit Messer und Gabel auf die Typen losgehen? Ganz, ganz schlecht! Die rufen ihren Arsch von einem Boss an und fragen, ob sie mich doch bitte gleich an Ort und Stelle zu Hackfleisch verarbeiten dürfen. Juliane denkt, die hätten wahrscheinlich auch noch ihren Spaß daran, und das gönnt sie diesen Kerlen nun also gar nicht. Auch noch Spaß haben. Nee!

Fertig mit der Abspülerei und was kommt jetzt? Aha, jetzt geht's wieder ab ins Kämmerlein. Riegel vor und Gute Nacht. Juliane kann aber nicht schlafen. Sie denkt an ihre Familie, Mutter und ihr Vater und natürlich auch die Heidi, ihre kleine Schwester, werden verzweifelt sein. Sucht die Polizei nach ihr, hat die Polizei überhaupt eine Spur? Juliane zweifelt selbst daran. Von ihrem Date mit Tom hatte sie ja niemandem etwas erzählt. Kein Mensch weiß, wo wir waren in der Nacht ihres Verschwindens. Ihr sind nirgendwo Personen aufgefallen, mit denen sie irgendwie bekannt sein könnte. Keine Kunden aus dem Laden und Freunde oder Verwandte schon gar nicht.

Eine Nacht in absoluter Anonymität.

Da sieht man es mal wieder, wie wichtig, wie lebenswichtig es ist, dass sich die Mädels gemeinsam in den Toiletten nicht nur die Nasen pudern, sondern sich ausgiebig über ihre Männerbekanntschaften austauschen.

Spät in der Nacht, fällt Juliane in einen unruhigen Schlaf voller Albträume.

1. September

19 Uhr 30 Samuel. Brettschneider kämpft den schier aussichtslosen Kampf gegen das Wegnicken.

Samuel hatte am heutigen Nachmittag einen seiner Waldspaziergänge absolviert. Man könnte es sein neues Hobby nennen. Jeweils nach vier oder fünf Tagen, so wie es gerade passt, fährt Samuel raus ins Grüne und stellt seinen alten Opel Rekord auf einem Waldparkplatz ab. Vom Parkplatz aus ist es dann so um die zwei Kilometer weit zu Fuß durch den herbstlichen Mischwald, bis zu der installierten Überwachungseinrichtung. Er wechselt dann den Datenträger und den Akku aus und checkt auch die Tarnung. Ein wild gewordenes Eichhörnchen könnte ja auf Nahrungssuche Samuels sorgsam arrangierte Tarnung mutwillig zerstört haben.

Die Sichtung des Materials ist eine ermüdende Angelegenheit. Die Kamera macht Einzelbilder im Zeitraffermodus. Unregelmäßig kommt ein Fahrzeug ins Bild und fährt wieder weg. Die Kamera ist auf die Frontseite des Hauses ausgerichtet. Was hinten vor sich geht, entzieht sich der Betrachtung. Interessant scheint nur, dass Harris inzwischen Besuch bekommen hat, ein Mercedes mit zwei Gestalten auf den Vordersitzen fuhr um den Landsitz herum zum rückseitigen Innenhof. Der Wagen fährt regelmäßig für kurze Zeit weg.

Samuel weiß schon nach kurzem Betrachten der Bilder, »der geht Essen holen«, schon aus der Betrachtung und der eingeblendeten Uhrzeit heraus. Um die Mittagszeit verlässt der Wagen das Gelände und ist kurz darauf wieder zurück. Für diese Erkenntnis muss man kein Akademiker sein. Darüber hinaus geschieht nichts Nennenswertes. Abgesehen von Harris, der, wegen der gerafften Aufnahmemethode der Kamera, immer mal wieder wie an Fäden gezogen ums Gebäude herumkasperlt.

Brettschneider hatte genug gesehen, um gesehen zu haben, dass es nichts zu sehen gibt. Er glaubte kaum noch daran, dass er auf diese Weise zu irgendwelchen Erkenntnissen gelangen könnte, die zur Aufklärung von Elisabeth Behringers Schicksal führen könnten. Samuel wird beim nächsten Mal nach Ablauf der üblichen vier bis fünf Tage die Kamera entfernen und sie dem freundlichen Förster Josef Eckert zurückbringen. Das war sowieso ein Irrglaube, dass sich, nachdem vierzig Jahre verflossen sind, durch Observation noch irgendetwas in Erfahrung bringen ließe.

Eigentlich hatte Samuel zuletzt nur noch gehofft, wenigstens für Paula Maier ein wenig Licht in das Dunkel über den Verbleib ihrer verschollenen Freundin zu bringen.

13

Am Abgrund

Im Stuttgarter Stadtteil Heslach ist Heiner inzwischen schon eine Woche lang mit Sabine befreundet und von ihrer Mutter akzeptiert. Die füttert ihn mit ihren Plätzchen, sooft er sich bei den Fischers blicken lässt. Und Heiner lässt es ohne Widerrede über sich ergehen. Für Sabine ist das Beste daran, wenn Heiner im Haus ist, gibt's von ihrer Mutter, wie ganz selbstverständlich, Kaffee zu trinken, manchmal sogar Cappuccino. Sie ist jetzt eine erwachsene Frau. Nun ja, nicht ganz, der echte Vollzug steht noch aus.

Mannomann, da muss man erst einen Mann oder wenigstens einen Freund vorweisen, um als »Frau« akzeptiert zu werden. Das ist ja wie im finsteren Mittelalter! Oder wie in Amerika. Wenn Heiner dann wieder aus dem Haus ist, ist Sabine für ihre Mutter wieder das kleine Mädchen. Und darüber soll man sich als Tochter nicht aufregen.

Natürlich sind Sabine und Heiner auch wegen Juliane Kleinerts Verschwinden bedrückt. Doch die Jugend hat nun mal ihre eigenen Probleme, die so ziemlich alles andere überlagern. Ist dann Heiner wieder im Anmarsch, geht die Sonne auf. Später, in Gegenwart von der Heidi, üben sich beide darin, betrübt dreinzublicken.

Was gibt es Schlimmeres, als fünfzehn Jahre alt zu sein und sich mit allem oder jedem auseinandersetzen zu müssen? Sind doch die eigenen, neu erwachten Gefühle und altersmäßigen Schwierigkeiten nur schwer zu bewältigen. Und wieso haben Mütter eigentlich so wenig Verständnis dafür?

Keine Partystimmung mehr bei den Kleinerts. Nichts ist mehr, wie es war. Die lustig-ordentliche Welt von Mutter Jutta Kleinert ist völlig aus den Fugen geraten. Die Freunde und Bekannten, Kollegen, Vettern und Tanten können sie nicht mehr trösten. »Betroffenheit und Bedauern. Das wird sich aufklären. Du wirst sehen, am Ende wird alles gut. Vertraue auf Gott!« Das kann und will sie nicht mehr hören.

Jutta Kleinert spürt immer stärker, dass sie vollkommen allein ist. Niemand kann ihr wirklich helfen. Erstmalig in ihrem Leben offenbart sich ihr, wie einsam ein Mensch in so einer Situation wirklich ist. Kein Polizeipsychologe, kein Nachbar oder Offizieller aus dem Rathaus kann ihr die Ängste um ihr Kind nehmen. Die können ebenso wie die Vettern und Tanten nur leeres Bedauern aussprechen. Mutter Kleinert versinkt in einem schwarzen Loch. Ihre geordnete Welt, die schwäbische Kehrwoche, die gut gefüllten Regale im Supermarkt, die Sicherheit, dass immer und jederzeit für alles gut gesorgt sein wird; das alles ist völlig dahin. Es gibt keine absolute Sicherheit. Plötzlich können die Regale in den Läden leer bleiben oder eine seit Jahrzehnten angekündigte Pandemie lässt unser hocheffizientes Gesundheitssystem zusammenbrechen.

Oder das Kind einer Mutter verschwindet spurlos. Was im Übrigen draußen, außerhalb der geordneten Welt täglich hundertfach geschieht. Aber doch nicht hier!

Juttas aufkeimende Wut ist nicht mehr zu zügeln. Ihre Wut bricht sich unvermittelt zwischen Phasen der Lethargie Bahn, richtet sich gegen den Menschen, der verpflichtet ist, diese Wut zu ertragen, gegen Axel, ihren Mann. Das Verhältnis zwischen Frau und Mann verändert sich in diesen Tagen entweder so oder so für immer. Nach außen kann Jutta ihre Wut nicht tragen. Immer wurde der Schein einer großartigen, kleinen- heilen Welt gegenüber der Außenwelt gewahrt.

Zwei Generationen zuvor reichte der Anschein einer sauberen Familie noch bis in die Schlafzimmer hinein. Die gute Hausfrau legte am Morgen die weißen Federdeckbetten zum Auslüften über die Fensterbretter in die Morgenluft. Womit für alle Nachbarinnen die Tatsache eines gottgefälligen, sauberen Schlafzimmers vorgezeigt wurde.

Was können wir tun? Nichts! Wir können das Leid einer Mutter nicht lindern. Es gibt keine Worte, die das Böse ungeschehen machen könnten. Uns bleiben einzig die tausendfach gesagten hohlen Worte: »Die Zeit heilt alle Wunden«. Außerdem ist es gar nicht sicher, ob Juliane tatsächlich in der Versenkung bleibt und nicht plötzlich wieder auftaucht.

Von Auftauchen kann keine Rede sein. Juliane liegt auf dem Rücken und betrachtet die Decke ihrer Kammer. Unebenheiten, Risse und Farbschattierungen haben sich längst in ihr Gedächtnis eingeprägt. Sollte sie später einmal von einem Polizeikommissar oder einer Reporterin nach den Einzelheiten ihrer Gefangenschaft befragt werden, so wird sie in der Lage sein, die Beschaffenheit der Kammerdecke in allen Details zu beschreiben. Sollte es dann zu einer Gegenüberstellung mit mehreren Zimmerdecken kommen, wird Juliane mit absoluter Sicherheit diese als die Decke identifizieren, unter der sie so grausam gefangen gehalten wurde. Worauf die Decke dann verhaftet und für alle Zeit übertüncht wird.

Gott sei Dank wird in dem Moment die Türe geöffnet. Der Essenholer erscheint und bittet zum Frühstücksbuffet. Wäre der Essenholer kein böser Bube und würden sie beide auf einer einsamen Insel stranden, denkt Juliane, könnte man es mit dem vermutlich ganz gut aushalten. Der würde auch ein gewisses Maß an Sicherheit bieten können, hatte er doch schon Menschen umgebracht. Der Essenholer würde sie, die einzige Frau auf der Insel, gegen jeden verteidigen, der es auf sie abgesehen hätte.

Wurst und Käse aufzuschneiden gehört inzwischen ebenfalls zu ihren Aufgaben. Kaffee kochen und den Tisch decken auch. Eigentlich könnte sie alle drei als ihre neue Familie adoptieren, denn viel fehlt nicht mehr und Juliane wird ihnen morgens die frische Wäsche herauslegen. Das Frühstück wird wie üblich ohne besondere Höhepunkte eingenommen, man hat sich einfach nichts mehr zu sagen.

Juliane betrachtet »ihren Essenholer« verstohlen von der Seite. Auf der Insel währe es jetzt sicher angenehmer. Die Sonne, das Meer, nackt baden in wundervoll temperierten, karibischen Gewässern. Cuba libre, und natürlich bleibt das Abräumen des Frühstückstisches wieder mal an ihr hängen.

Bevor es Mittag wird, fahren der Essenholer und der Deutsche, der Sean heißt, ziemlich frühzeitig weg. Der Dicke sitzt in seiner Lieblingsecke, zündet sich eine Zigarette an und sieht auf dem TV-Gerät CNN. Dann steht er plötzlich auf und verzieht sich mit seiner Zigarette im Mundwinkel in den Keller, was da wohl sein mag? Juliane sieht zur Türe hin, ein paar Schritte, die Türe ist offen. Aber wird die Haustüre auch unverschlossen sein? Sie muss es probieren.

Offen! Ihr Herz fängt an zu rasen, ihr wird auf einmal ganz heiß. Sollte es so einfach sein? Ein Schritt und Juliane rennt los, auf den Wald zu. Bevor sie die ersten Bäume erreicht, hört sie den Schrei des Dicken hinter sich. Ihr Atem geht heftig. Sie war noch nie sehr sportlich und der Dicke ist trotz seines Fettes ziemlich schnell und wendig, wie Juliane ja schon aus eigener Erfahrung weiß.

Juliane rennt in den Wald hinein und verflucht die deutsche Gründlichkeit. Der Wald ist sauber, wie gefegt. Nichts liegt herum. Nirgendwo findet sie Deckung. Ihr Atem geht schneller, sie hechelt wie ein Hund und der Dicke ist hinter ihr. Der Kerl ist einfach zu schnell. Die Landschaft ist hier flach und eben, die Bäume stehen in ausreichenden Abständen zueinander. Das alles spielt dem Dicken in die Hände und lässt für Juliane kaum noch Hoffnung, zu entkommen.

Das war es also. Ihr schießen die Tränen in die Augen. So eine Scheiße! Der Kerl hat sie fest am Arm auf dem Weg zurück ins Haus, das Juliane nun zum ersten Mal von außen zu Gesicht bekommt. Er stößt sie wütend in die Kammer hinein. Juliane stolpert gegen das Bett. Nicht nur wegen des Schmerzes laufen ihr immer noch die Tränen über das Gesicht. Das war's, die einzige Möglichkeit zur Flucht und ihr Leben zu retten war vertan.

Wie konnte Juliane wissen, dass es gerade dieser missglückte Fluchtversuch sein wird, der mit viel Glück dazu führen könnte, ihr Schicksal zu wenden und ihr Überleben doch noch zu sichern. Ohne es im Entferntesten zu ahnen, war es im Grunde und tatsächlich ihre einzige und letzte Chance.

Doch noch ist ihre Errettung keinesfalls gesichert, alles hängt von einer winzigen Kleinigkeit ab. Von Samuel Brettschneiders Fähigkeit, die letzten Überwachungsaufnahmen zu sichten, ohne vor lauter Langeweile wegzuschlummern. Was für einen TV-geschädigten Pensionär keine einfache Aufgabe ist. Samuels Aufmerksamkeit ist ohnehin der Überzeugung gewichen, dass er wohl niemals hinter die Geheimnisse von Elisabeth Behringers Verschwinden gelangen könnte.

Zu ihrer Überraschung wird Juliane doch wieder aus ihrem Verlies geholt, hauptsächlich weil keiner der Kerle Lust auf Küchendienst hat. Und besonders grob sind die Typen trotz ihres Fluchtversuches immer noch nicht zu ihr? Was kann es nur sein, was dieser Arsch von einem Gangsterboss am Ende mit ihr noch vorhat?

Alles scheint wie zuvor, bis auf eine Kleinigkeit. Dieser Sean legt ihr eine Art Hundehalsband an, mit einem Metallring vorne und hinten ist es abgeschlossen. Kurz darauf hängt Juliane an einer silberglänzenden, leise klirrenden Kette, die ihr genug Spielraum für die Tätigkeiten, die man von ihr erwartet, gewährt. Das Teil sieht aus wie das Sonderangebot aus der Sadomasoabteilung eines Erotikshops. Nehmen sie drei Halsbänder zum Preis von zweien! Juliane fragt sich wiederholt, was die Typen im Keller so treiben?

Peyton Downey sitzt in der Familienkapelle der Downeys, um mit Gott ins Zwiegespräch zu kommen. Dass seine Frau Elena auch anwesend ist, um mit ihren unsichtbaren Engeln wirres Zeugs zu reden, stört Downey wenig. Er nimmt seine Frau ohnehin kaum noch wahr. Um die kümmert sich Sharni, die zweite Pflegerin. Palina, hat ja inzwischen ganz und gar andere Aufgabengebiete.

Downey spricht auf seine Art mit Gott, aber der nicht mit ihm. Auf den Gedanken, dass Gott ihn für einen bösartigen Gestörten halten könnte, kommt Downey nicht. Warum auch, gibt es doch kaum ein selbstgerechteres Arschloch als ihn. Doch das sagt ihm natürlich niemand ins Gesicht. Wer das tut, nun ja, der macht ihn sich ganz schnell zum Feinde, mit allen einhergehenden Unannehmlichkeiten bis hin zum plötzlichen Unfalltod.

Gott gab ihm wieder kein Zeichen, wie er mit der teuflischen Zwillingsgeburt der Linsey Blair nun verfahren soll. Das lässt ihn einmal mehr daran zweifeln, ob Gott wirklich auf seiner Seite steht. Downey begibt sich zurück ins Haus. Es wird nun auch zunehmend herbstlicher, darum wird der offene Kamin am Abend in Gang gebracht. Der wird mit Gas betrieben, man kann aber auch zusätzlich Holz auflegen. So wird es dann etwas anheimelnder oder auch romantischer, je nach Sicht der Dinge. Wie der gesamte Gebäudekomplex, stammt auch der Kamin noch aus jener Zeit, als Downey noch diesen Tick für europäische Schlösser, Burgen und der dazugehörigen Lebensart pflegte. Die damit verbundenen romantischen Vorstellungen haben sich aber schon vor sehr vielen Jahren aus seinen Gehirnwindungen verabschiedet.

Peyton schenkt sich einen Bourbon ein und nimmt in seinem üblichen Sessel platz. Dass ihm Gott kein Zeichen sendet, das nimmt er ihm sehr Übel. Mordlüstern starrt er in die Flammen.

Elena, die sich nun auch wieder im Wohnbereich des Hauses aufhält, hatte zu so früher Abendstunde schon wieder einige Drinks zu viel intus. Sie wackelt unsicher und ziellos umher. Mal hierhin und mal dahin, es ist offensichtlich, dass die Frau keinen Plan hat. Immer wenn Elena in Peytons Blickfeld gerät, dreht der sich in eine andere Richtung. Er will sich dieses Elend nicht auch noch ansehen müssen.

Als Elena während ihrer zweiten Durchwanderung der großzügigen Wohnhalle wieder vor Peyton vorbeischlurfte, geschieht es. Peyton schaut einmal mehr angewidert zur Decke hoch. Elena stolpert mit ihrem linken Fuß über ihren rechten und fällt lang hin. Das für sich wäre ja schon schlimm genug für eine ältere Frau, die haltlos und unkontrolliert auf den Boden knallt. Verschlimmert wird das Geschehen dadurch, dass die Frau ihren Wodka dabei verschüttet. Elena Downey hatte sich in besseren und lichteren Zeiten das Wodka trinken angewöhnt, weil man den nicht sofort geruchlich wahrnimmt. Als Hausherrin oder Gastgeberin galt sie dann so lange als nüchtern, bis sie anfing auffällig zu werden. Dann weiß es natürlich jeder, und das kam mit den Jahren nun mal immer öfter vor.

Nun, vor Peytons Augen springen die Flammen über die Wodkalache auf seine am Boden liegende Frau über. Der schwarze, Wodka besprittzte Rock fängt sofort Feuer und die Flammen lassen sich die Beute nicht entgehen. Sie fressen sich schnell voran, über Elena hinweg.

Downey wäre nicht Downey, wenn er nicht sofort und impulsiv reagieren würde. Er ist ein Mann der Tat, hatte er doch schon unzählige kritische Situationen in seinem Leben gemeistert. Er wirft seine Hausjacke über seine brennende Frau und erstickt völlig unaufgeregt die Flammen. Was machst du nur für Sachen du dämliche Kuh sagte er zärtlich zu seiner Frau, die diese netten Worte sowieso nicht mitbekommt.

Peyton redet seit Jahren gegen eine Wand bei ihr. Irgendwann hatte er die Konversation mit Elena dann völlig eingestellt. Nach und nach ist Palina an Elenas Stelle getreten, als so eine Art Ersatzehefrau. Alle seine Leute wissen das und behandeln Palina daher mit dem nötigen Respekt.

Downey ruft die Rettung, damit sich Ärzte und Sanitäter um Elena kümmern können, und Sharni, die Elena begleiten soll, wohin man sie auch bringen mag.

Downey macht sich unverzüglich auf den Weg, zurück in die Kapelle, um Gott für das Zeichen, das er durch Elena gesendet hat, zu danken und alles Weitere mit ihm zu besprechen.

Peyton Downey stieg in seinen frühen Jahren vom Vorstadtgangster zum Jungunternehmer auf. Mit Hilfe der Mitgift seiner Frau brachte er es zum Industriellen und Investor. Später, als die Geschäfte mehr und mehr ohne sein Zutun liefen und die echten Herausforderungen ausblieben, geriet er an einen verzweigten Geheimzirkel perverser Frauenschlächter. Zu der Zeit hatte er auch schon die ersten Visionen, ein Liebling der Götter zu sein. Er hob auf perverse Weise ab.

Downey hat eine Handvoll Leute, die die Drecksarbeit für ihn machen. Insbesondere Gerry und Marcel schrecken vor gar nichts zurück, auch nicht vor den beknacktesten Ideen ihres Bosses. Nachdem Downey die beiden zwei-, drei Mal so richtig zusammengeschissen hatte, stellen die beiden Gewohnheitsverbrecher überhaupt nichts mehr in Frage. Downey zitiert seine beiden Handlanger zu sich.

»Ihr werdet eine Hinrichtung vollstrecken. Harris in Germany hat eine alte Industrieanlage erkundet. Die ist zum Teil unterirdisch und von außen nur schwer einsehbar. Ihr werdet den teuflischen Zwilling der Linsey Blair in die Anlage bringen, einen Scheiterhaufen errichten und die nackte Frau an ihren Armen über den Scheiterhaufen hängen. Soweit alles klar?«

»Okay Boss! Sicher Boss, alles klar!«

»Dann werdet ihr nach guter alter christlicher Sitte die Teufelin verbrennen. Harris wird das ganze filmen, also erwarte ich eine saubere Arbeit von euch. Euer Flug geht morgen. Ihr seid auf die Namen Martin Bay und Vince Howard gebucht. Die Pässe liegen wie üblich bei Gregor Kurylenko. Anschließend fliegt ihr sofort wieder zurück. Ist das alles klar?«

»Klar Boss, das wird ein Spaziergang.«

»Ihr sollt nicht übermütig werden. Kapiert! Ich erwarte erstklassige Filmaufnahmen, schärft das diesem Harris ein.«

»Okay Boss!«

Dann folgt ein kurzes aber aussagekräftiges Telefongespräch mit Harris in Detuschland:

»Ja!«

»Sean?«, vergewisserte sich Downey.

Harris erkannte Downeys Stimme.

»Ja Peyton, worum geht's?«

»Du kannst dich bereithalten, zwei meiner Leute werden morgen bei dir aufkreuzen. Die werden sich dann um die Kleine kümmern. Den zwei Aufpassern kannst du ausrichten, sie sollen zurückkommen, ich brauche sie für einen anderen Job. Bye!«

»Bye, Peyton!«

Harris gibt Downeys Anweisungen sofort weiter:

»Es ist so weit. Morgen kommen zwei von Downeys Leuten, die bringen dann die Sache zu Ende. Und ihr werdet sofort zurückfliegen. Euer Boss hat Arbeit für euch.«

Downeys Handlangern war die Erleichterung sichtlich ins Gesicht getackert. Sie machten sich dann auch sofort und unverzüglich daran, ihre Sachen zusammenzupacken und zu verschwinden. Den schweren Mercedes brachten sie in die Tiefgarage des Stuttgarter Wohn- und Geschäftshaus zurück, in dem Downey einige temporäre Geschäftsräume unterhält. Nur wenig später entschwanden sie im Taxi in Richtung Frankfurter Flughafen.

14

Der Einsatz

Samuel kocht sich einen Kaffee und beginnt dann auch gleich mit der Sichtung. Was er sieht, ist auch nichts anderes als das, was er schon zigmal zuvor gesehen hatte. Die Bilder senden eine unmissverständliche Botschaft an sein Unterbewusstsein, die da lautet: »Nutze die Chance für ein Nickerchen.« Samuel nickt folgerichtig zehn Minuten später schon weg.

Ein eindringliches Telefonklingeln holt Samuel in die Wirklichkeit zurück. Was? Wo? Sein erster Blick heftet sich auf die Bildschirmoberfläche. In dem Moment ist ihm unbegreiflich, was da für ein Film läuft. Er sieht eine ihm unbekannte, panische Frau fast zielgerichtet auf die Kamera zurennen. Dann verschwindet die Frau aus dem Sichtbereich, dahinter kommt ein leicht verfetteter Kampfsportler im Anzug ins Bild, der hinter der Frau herhetzt. Samuel ist sprachlos und hebt ab.

»Hallo!«

»Mario«, meldet sich eine Stimme im Telefonhörer, »das hat ja ziemlich gedauert.«

»Ja, ich bin eben leicht eingenickt.«

»Hör mal, Sammy, wir haben morgen ein Kollegentreffen im Rappen, währe schön wenn du ...«

»Mario! Ich sehe mir gerade die letzten Überwachungsaufnahmen an. Du wirst es nicht glauben. Da flüchtet eine Frau aus dem Landhaus. Ein fetter Boxertyp ist hinter ihr her.«

»Mach keine Witze, Sammy!«

»Ich mach keine Witze. Die sieht ziemlich panisch aus.«

»Das würde dann aber bedeuten, dass wir auf der richtige Spur waren. Deine Gedankenansätze waren also doch eine heiße Spur.«

»Genau ... warte mal ... jetzt kommt der Dicke wieder ins

Bild, und er hat die Frau fest im Griff, der schleift sie förmlich hinter sich her. Sie wehrt sich, aber gegen den Mann hat die Frau keine Chancen.«

»Pass auf, Sammy, du kommst mit den Aufnahmen ins Präsidium. Ich informiere den Chef. Klar?«

»Mach ich. Sei aber umgänglich mit R. J., du weißt, wie er reagiert, wenn man ihn wegen Nichtigkeiten aus dem Feierabend zurückholt.«

»Weiß ich. Ich weiß aber auch, wie er reagiert, wenn er in wichtigen Ermittlungsdingen übergangen wird.«

»Sag ich ja!«

»Ich rufe ihn gleich an.«

»Sei vorsichtig, R. J. kann leicht kollerig werden.«

»Jaja, sagtest du schon, du wiederholst dich. Mach dich auf den Weg.«

»Okay. Bis dann!«

»Ciao!«

R. J., Richard Jäger, ist tatsächlich schon da und scheint ungeduldig zu warten. Ungehalten ist er jedenfalls nicht, was immer als gutes Zeichen zu deuten ist. Samuel gibt Mario den Datenträger.

»Du musst die Aufnahmen ziemlich weit vorspulen.«

Gespannt blicken Mario und R. J. auf den Bildschirm. Beiläufig wird der Chef darüber in Kenntnis gesetzt, was Samuel da an privaten Ermittlungen losgetreten hatte. Richard Jäger sah Samuel von der Seite an.

»Du bist jetzt außer Dienst. Diese Tatsache werde ich dir nachher nochmals schriftlich geben. Hast du mich verstanden!«

»Ich bin jetzt eine Privatperson. Du kannst mich höchstens darum bitten, meinen Bürgerpflichten nicht mehr nachzukommen.«

»Bürgerpflichten! Mensch! Wenn dir etwas Ungesetzliches auffällt, hast du die Polizei zu informieren. Das ist deine Bürgerpflicht!«

»Heilige Scheiße!«, ruft Mario in dem Moment gänzlich un-italienisch aus. »Das ist die Vermisste, Juliane Kleinert!«

»Siehst du, das sind meine Bürgerpflichten«, meldet Samuel jetzt bei seinem Ex-Vorgesetzten an. »Ich nehme dir große Lasten von den Schultern. Jetzt hast du es leichter und kannst morgen mit einer Erfolgsmeldung vor die Presse treten.«

»Na, dann vielen Dank auch! Benussi! Rufen Sie alle verfügbaren Leute zusammen. Wir haben einen Einsatz. Ich hole inzwischen den Durchsuchungsbeschluss für diesen ominösen Landsitz ein. Die Adresse bitte, Bürger Brettschneider.«

»Hab ich hier, oder ... nein, hier irgendwo.«

»Ich habe sie!«, ruft Mario.

Juliane in ihrer Kammer hört, dass draußen einiges anders lief als sonst. Geräusche von ungewohnter Betriebsamkeit waren durch die Türe hindurch zu vernehmen. Irgendetwas war jetzt da draußen im Gange. Irgendetwas wird passieren. Wenig später hört Juliane, wie der Mercedes wegfährt und danach war da plötzlich eine ganz unwirkliche Ruhe. Das macht Juliane noch mehr Angst als die Geräusche zuvor.

Kommt etwa der Arsch von einem Vergewaltiger zurück? Braucht der's wieder? Etwa zusammen mit dieser rothaarigen Tante? Juliane hatte keine Vorstellung davon, wie diese Frau einzuschätzen ist. Vergewaltigt fühlt sie sich von beiden. Diese erneut aufkeimende Verunsicherung kriecht wie ein Reptil in ihre Eingeweide und nistet sich dort ein. Juliane kann ihr Zittern nicht unterdrücken. Was wird geschehen? Sie ahnt, dass sich nun etwas anbahnt. Dass über ihr Schicksal nun bald entschieden wird.

»Das ist eine Polizeiaktion, Sammy, da haben Zivilisten nichts bei zu suchen.«

»Das denkst du, Richard! Ich habe immerhin die Vorarbeit geleistet, und außerdem will ich an dieser Aktion gar nicht teilnehmen. Ich vermute in dem Haus Hinweise auf den Verbleib der Elisabeth Behringer. Die Polizei hatte die Ermittlungen vor vierzig Jahren eingestellt. Ich bleib da dran, ich werde das Schicksal dieser Frau aufklären. Das sind private Nachforschungen, die dich nicht zu interessieren haben.«

»Das gehört jetzt also auch zu deinen Bürgerpflichten? Aber du hältst dich zurück und läufst unseren Leuten nicht in die Quere!«

»Ich bin doch nicht verrückt und laufe in eure Schießereien hinein. Ich suche Hinweise, sobald ihr fertig seid. Ist das jetzt bei dir angekommen.«

»Halte dich zurück«, bekräftigte Richard Jäger, »ich muss weg.«

Die Aufpasser sind spätnachmittags weggefahren. Dieser Sean bringt ihr gegen Abend ein Tablett mit Brot, abgepackter Wurst und Käse, dazu Getränke in Dosen. Juliane ist nun mit Harris allein in dem Haus, was nicht zu ihrer Beruhigung beiträgt. Im Gegenteil, Juliane empfindet das irgendwie als eine düstere Bedrohung. Das sind alles üble Frauenschänder oder noch Schlimmeres. Juliane mahlt sich bildlich aus, was noch schlimmer sein kann, könnte als ... Ihr schwant, dass er sie nun nicht mehr aus ihrem Gefängnis herauslassen würde. Für den Augenblick gab ihr »ihre Kammer« sogar ein klein wenig ein Gefühl der Sicherheit. So seltsam das auch klingen mag.

Am nächsten Tag, Juliane hat längst ihr Gefühl für normale Zeitabläufe verloren, vernimmt sie plötzlich wieder die typischen Geräusche, die mehrere Personen im Haus verursachen. Als sie dann von Harris zum Abendessen wieder an den Tisch geholt wird, denkt Juliane, die beiden Amerikaner wären zurückgekommen. Doch es sind zwei Fremde. Sie spürt sofort, dass diese Männer einer ganz anderen Verbrechergarnitur angehören. Von den beiden geht eine Art unterschwellige Bedrohung aus, die man nicht erklären muss, man spürt es einfach, es liegt förmlich in der Luft.

Selbst Sean, dessen Nachname sie nicht kennt, legt gegenüber den beiden ein völlig anderes Verhalten an den Tag. Das Reptil in ihren Eingeweiden erwacht erneut und gebiert seine Jungen in ihr. Eine Schlangengrube voller Ängste breitete sich in Juliane aus.

An diesem Abend verliert sie die letzten Reste von Hoffnung, die zuvor noch in ihren Gedanken herumgespukt waren. Diese Typen sind gefährlich, so viel ist ihr klar. Die lassen sich von niemand bequatschen.

Sofort, nachdem Juliane ihren letzten Bissen hinunter geschluckt hat, bringt Harris sie wieder in ihre fensterlose Kammer zurück. Sie ist sich ziemlich sicher, dass er sie nur an den Esstisch geholt hatte, um sie den zwei Fremden vorzuführen. Sie hatten ihre kalten Blicke unverhohlen auf sie geheftet. Im Gegensatz zu Juliane wissen diese Typen genau, was geschehen wird.

Juliane ist kaum zehn Minuten wieder in ihrer Zelle, da wird die Türe schon wieder aufgerissen. Harris erscheint und zerrt Juliane heraus, durch das Haus zum Hintereingang in den Innenhof.

Im Hof steht ein schwerer Mercedes mit laufendem Motor. Die beiden Fremden sitzen im Wagen, Harris stößt Juliane in den Fond des Wagens und schlüpft hinter ihr hinein. Er hat die Fondtüre noch nicht zugezogen, da gibt der Fahrer schon Gas. Das Heck des Wagens schwänzelt und Schottersteine fliegen wie Geschosse durch den Hof. Das Gittertor der Einfahrt ist kaum weit genug geöffnet, da schießt der Mercedes schon mit einem Satz durch die Lücke. Einige Schrammen auf beiden Seiten sind kein Grund, auch nur einen Gedanken daran zu verschwenden. Der Fahrer steuert den Wagen mit schleuderndem Heck um das Anwesen herum, und nun sieht auch Juliane den Grund, für den plötzlichen, hektischen Aufbruch. Auf der schmalen Zufahrtsstraße nähert sich eine Reihe Polizeifahrzeuge. Der Mercedes schlingert auf einen abzweigenden Feldweg und der

Fahrer treibt die schwere S-Klasse rücksichtslos über die Felder, von der Polizeikolonne weg. Seltsamerweise spürt man von den Unebenheiten und Schlaglöchern der landwirtschaftlichen Wege kaum etwas im Innern des Wagens. Ist schon komisch, was einem in solchen Situationen so alles durch den Kopf geht.

Der Fahrer erreicht eine Nebenstraße und biegt schon wenig später in die B 293 ein, mit vollem Tempo, mitten in den aufgescheuchten Feierabend- und Einkaufsverkehr, in Richtung Karlsruhe.

Samuel, der sich ebenfalls auf der 293 befindet, um zu Harris Landsitz zu gelangen, bleibt die halsbrecherische Aktion des Mercedes nicht verborgen. Weiter vorne steigen die Fahrer gewaltig in die Eisen, um Kollisionen und Auffahrunfälle zu vermeiden. Samuel hat gleich so eine Ahnung, dass diese spektakulären Fahrmanöver irgendetwas mit Richards Einsatztruppe zu tun haben könnten. Er bleibt also erst einmal auf der Strecke, ohne abzubiegen, und fingert nach seinem Handy.

»Hier ist eben etwas Komisches passiert, Richard. Eine schwarze S-Klasse ist aus einer Seitenstraße ungebremst in den fliesenden Verkehr auf die B 293 eingebogen und hat kurzzeitig ein mittleres Chaos ausgelöst. Das Ganze hat nicht zufällig etwas mit euren Aktionen zu tun?«

»Das ist der Wagen, Sammy! Die sind über die Felder abgehauen. In welche Richtung fahren sie?«

»Auf der Bundesstraße 293 in Richtung Karlsruhe.«

»Sammy, bleib an dem Wagen dran!«

»Du verlangst Sachen von mir, ich bin doch Zivilist!«

»Ich habe jetzt im Moment keine Zeit zum Diskutieren, sieh es einfach als deine Bürgerpflicht an.«

»Du legst es immer so aus, wie du es gerade gebrauchen kannst!«

Das hört aber R. J. schon gar nicht mehr. Der muss seine Karlsruher Kollegen alarmieren. Samuel konzentriert sich auf den schwarzen Mercedes weiter vorne, was in diesem Teil der Republik gar nicht so einfach ist. Hier werden die Mercedesfahrzeuge gebaut, und viele Menschen verdienen sich ihr Brot und was sie sonst noch so brauchen beim Daimler und fahren auch privat Mercedes. Dazu kommen noch all die Bäcker und Metzger, Handelsvertreter und Geschäftsleute, die sich in dunklen Mercedeslimousinen im Lande bewegen. Kurz gesagt, ein dunkler Mercedes gehört quasi zur Grundausstattung eines gut geführten schwäbischen Haushaltes.

So verwundert es kaum, dass Samuel den Wagen, den er verfolgt, schon bald von den anderen Mercedeslimousinen nicht mehr unterscheiden kann. Alles, was er tun kann, ist weiterfahren und auf den Zufall hoffen. Er greift nach seinem Handy.

»Kannst du mir die Nummer des Wagens geben, Richard? Es ist schwierig, dem Mercedes zu folgen.«

»Die Nummer beginnt mit HH für Hamburg, mehr haben meine Leute nicht erkennen können.«

»Ein Mietwagen!«, entfuhr es Samuel. »Sauber gewaschene Limousinen mit HH-Kennzeichen im süddeutschen Raum sind zumeist Mietautos. Einige Autovermieter melden ihre Fahrzeuge in Hamburg an. Warum das so ist, weiß ich auch nicht, aber ich vermute das könnte mit der Verschiffung der Altfahrzeuge zu tun haben. Vermieter tauschen ihre neuen Fahrzeuge oft schon nach wenigen Monaten Einsatz aus. Ich denke, dass die ihre Gebrauchtfahrzeuge via Schiff nach Übersee verkaufen oder auch auf ihre Tochterunternehmen in andere Länder verteilen, in denen die technischen Standards nicht so hoch sind, wie in der Bundesrepublik.«

»Schöner Vortrag, Sammy. Du hast es wirklich drauf. Ich danke dir. Konzentrier dich aber trotzdem auf das Zielobjekt, ja!«

Samuel nahm die Ironie seines Ex-Chefs gelassen hin.

»Na, dann hör dich mal bei den überregionalen Vermietern um! Moment noch, leg nicht gleich wieder auf. Die sind nicht von hier. Wer einen Mietwagen fährt, ist noch nicht lange im Land. Setz zuerst am Frankfurter Flughafen an. Via Frankfurter

Drehkreuz kommen schließlich die meisten Leute ins Land. So, jetzt kannst du auflegen.«

»Gut Sammy! Und lass dein Handy bitte noch eine Zeitlang eingeschaltet, das hilft uns, das Suchgebiet für den Hubschrauber einzugrenzen. In dem Mercedes sitzen übrigens drei Männer und eine Frau ... Sammy?«

Aber der hatte bereits sein Handy auf dem Beifahrersitz abgelegt. Als dann später der Helikopter über ihm auftaucht, schaltet Samuel sein Handy ab. Die Spur per GPS, per Global Positioning System, ist aufgenommen, und da es nicht um die Position seines alten Opels geht, spart Samuel lieber am Akkustand seines Handys.

Damit haben sich also Samuels Möglichkeiten erschöpft, einen Beitrag zur Befreiung der Frau und zur Verhaftung ihrer Kidnapper zu leisten. Der Polizeiapparat ist aktiviert, wenn auch nicht immer effektiv, wie er aus seiner eigenen Erfahrung weiß. Er könnte nun bei der nächsten Kreuzung wenden. Andererseits, es wird Nacht und Elisabet Behringer kann sicher noch bis morgen warten. Samuel entschließt sich erst einmal weiterzufahren. Karlsruhe ist nicht mehr weit und nun kommt auch der Hunger. Außerdem befindet er sich schon in der Peripherie Karlsruhes, da wäre es ja geradezu blödsinnig, wieder umzukehren.

Samuel kreuzt erst einmal durch das erwachende »Nightlive« der Stadt. Einerseits um unter den geparkten Wagenkolonnen an den Straßenrändern irgendwo, vielleicht durch Zufall, eine Parkmöglichkeit und andererseits ein Speiselokal zu finden. Ersteres ist die größere Schwierigkeit. Die Straßen sind zugeparkt, und so früh am Abend wird so schnell kein Platz frei werden.

Samuel wird fürs Erste noch eine Weile weiterkreuzen, vielleicht fährt ihm der Mercedes doch noch irgendwo in die Quere. Schließlich sind sie in einem relativ kurzen Abstand in die Stadt eingefahren. Unter den gegebenen Verkehrsbedingungen können dies höchstens einige wenige Minuten gewesen sein. Samuel folgt seiner Logik und Intuition. Wenn Harris die Drecksau ist, für die er ihn hält, dann unterhält er am ehesten Kontakte zur Karlsruher Unterwelt und Zuhälterszene. Und genau da wird er vermutlich auch zuerst Unterschlupf suchen. Samuel ruft Richard Jäger an und teilt ihm seine Gedanken mit. Dem guten Richard leuchtet das auch irgendwie sofort ein.

»Verstehst du«, fährt Samuel fort, »wenn ein Dackel oder ein Yorkshireterrier hinter einer Ratte her ist, dann rennt die doch so schnell wie sie nur kann in das nächste Rattenloch.«

»Was haben denn die niedlichen Yorkshireterrier mit Ratten zu tun?«

»Im neunzehnten Jahrhundert wurden die Yorkshireterrier als Rattenbeißer für die Kohlegruben und Bergwerke in Wales gezüchtet. Kannst du nicht wissen, war ja noch vor deiner Zeit.«

»Ich werde das jetzt erst einmal mit meinen hiesigen Kollegen vor Ort besprechen. Ich melde mich dann wieder!«

»Scheiße auch!«

»Was ist denn?«

»Direkt vor mir quert eine S-Klasse mit HH-Kennung die Kreuzung. Moment ... also, Mathystraße, Richtung Stadtmitte.«

»Okay, ich mache ...«

Den Rest des Satzes hört Samuel schon nicht mehr. Er biegt ebenfalls in die Mathystraße ein, aber der Mercedes ist längst schon außer Sicht. Nun ja, die hiesige Polizei wird's schon richten. Die kennen ja ihre Vögel. Er biegt ins Parkhaus an der Stadthalle ein, um seinen Opel abzustellen. Samuel hat nun wirklich Hunger, ihm ist soeben eingefallen, dass er seit dem Morgen nichts mehr gegessen hat. Er wird jetzt ein nettes Lokal suchen und sich einen Rostbraten mit allem drum und dran bestellen. Das gibt zwar nachher wieder altersbedingte Bauchschmerzen, aber was soll's. Essen muss man, und wer nichts ist, der stirbt.

Für Juliane ist es schon beunruhigend, wie souverän und unbeeindruckt die schwere Limousine jede noch so verrückte Fahraktion ausbügelt. Juliane kennt sich mit den Grenzen der

Physik nicht einmal ansatzweise aus. Trotzdem war sie sich einige Male sicher, jetzt heben wir ab und der Wagen fliegt mitsamt seinen Insassen in die Botanik. Was nicht geschieht, das Auto ist einfach zu gut. Die wahnsinnigen Fahraktionen bereiten Juliane einfach nur Angst. Die wird nun der Einfachheit halber der vorhandenen Liste von Julianes Todesängsten hinzugefügt. Darauf kommt es nun auch nicht mehr an.

Dass für die drei Verbrecher etwas Schiefgelaufen ist, wird für Juliane aber schnell klar. Die alte Frage bleibt aber weiterhin aktuell: Was wird mit ihr geschehen, falls sie diese Höllenfahrt überleben sollte? Als dann aber das Fahrzeug mitten in den fliesenden Verkehr der stark befahrenen Bundesstraße hineinschleudert, geht die Fahrt völlig ruhig und unauffällig weiter. Niemand spricht im Wagen. Der Fahrer macht keine Experimente mehr mit dem Auto und fließt im Verkehr mit wie ein unbedarfter Sonntagsfahrer.

Nach endloser, unbehaglicher dreißigminütiger Fahrt, Juliane hatte sich ganz klein und unbedeutend gemacht, geht es in die Stadt Karlsruhe hinein. Sean dirigiert den Fahrer über breite Zufahrtsstraßen, durch winkelige Gassen, bis vor so eine Art Go-go-Schuppen. Die Außenreklame im Kasten verkündet großartig: Hier tanzen die schönsten Ladys aus Südeuropa für sie. Zielstrebig wird Juliane in den Nebeneingang des Etablissements hineindrangsaliert und nach hinten durch bis in einen Aufenthaltsraum oder so etwas Ähnlichem. Eine Art Vorratskammer für die schönsten, nun ja, bestenfalls für Ladys aus Südosteuropa. Die Schönsten sind es auf jeden Fall nicht. Alle vier dort sehen recht hoffnungslos und ziemlich abbenutzt aus. Die Frauen sitzen oder liegen auf einfachen Lagerstätten oder Matratzen und basteln zum Teil an ihrem Make-up herum, ohne eine Chance, daran etwas zu verbessern.

Selten hat Juliane etwas Trostloseres zu Gesicht bekommen. Erst wenn man das Elend der Frauen direkt vor Augen hat, ist man in der Lage, diese Hoffnungslosigkeit und das Unglück wirklich zu begreifen. Das ist etwas ganz anderes als emotionslose Nachrichten oder Bilder im TV. Zerstörte Mädchenträume, direkt und ungeschönt.

Samuel lässt seine Blicke wandern, er sucht den Behälter mit den Zahnstochern. Rostbraten ist langfaseriges Rindfleisch. Egal, wie zart das Fleisch auf den Teller kommt, etwas bleibt ihm immer zwischen den Zähnen hängen. Nach dem Essen ist sein Tag eigentlich gelaufen. Samuel bestellt noch eine Apfelschorle, er will noch einige Zeit sitzen bleiben, bevor er sich dann auf die Rückfahrt macht.

Gedanklich wendet sich Samuel wieder seiner eigentlichen, selbst gestellten Aufgabe zu: Elisabeth Behringer. Und der Zweck seiner Recherchen hat sich noch erweitert. Er möchte natürlich auch für Paula Maier das Rätsel um das Verschwinden ihrer Freundin lösen.

Samuel macht sich dann pfeifend auf den Weg zum Parkhaus. Der Leib ist gefüllt, da ist gut pfeifen. Er geht die Straße entlang, ohne seine Gedanken, die man ja nie abstellen kann, in Bahnen zu lenken. Gedankenlos könnte man sagen. Während er so die fünfhundert Meter zurücklegt, drängt sich eine in der Luft liegende Anspannung in diese Gedankenlosigkeit hinein. Samuel ist ein alter Mann, aber diese feinen Antennen für besondere Situationen sind bei ihm immer noch intakt und geschärft. Er schaut sich aufmerksam um. Vor ihm, rechts in einem Nachtlokal, fallen plötzlich Schüsse und auf der gegenüberliegenden Straßenseite, fünfzig Meter entfernt, parkt eine schwarze S-Klasse.

Nun setzt Geschrei ein und Menschen flüchten aus dem Lokal, einer fällt hin, rappelt sich auf und rennt weiter. Jetzt geht's rund, denkt sich Samuel, als er zwischen den aufgeregten Leuten Harris entdeckt, der ein Mädchen hinter sich her zerrt. Das ist Juliane Kleinert, da ist er sich ziemlich sicher. Die junge Frau hat eine gewisse Ähnlichkeit mit der Frau auf den Fotos, die er im Polizeipräsidium gesehen hatte. Wer anderes sollte das auch sonst sein?

Samuel nimmt die Verfolgung auf. Es geht ihm nicht darum, Harris zuschnappen, das macht die Polizei, früher oder später. Es geht ihm um die Sicherheit der jungen Frau. Er traut Harris zu, auch dieses Mädchen auf die eine oder die andere Art verschwinden zu lassen. Samuel spurtet also hinterher, was man in seinem Alter eben so spurten nennt. Aber da Harris nur wenig jünger ist als er selbst, sind die Kräfteverhältnisse relativ ausgeglichen. Um zwei Ecken herum hat er Harris eingeholt, was kein Wunder ist, denn der hat ja die störrische Kleinert im Schlepp. Harris gibt nicht einfach auf. Er wendet sich gegen Samuel und schlägt nach ihm. Der blockt, so gut es geht, ab und versucht Harris zu fassen zu kriegen.

Verfluchte Scheiße, jetzt muss ich mich auch noch prügeln. Aber es ist dann doch nur eine Rangelei zwischen einem alten Bullen und einer alten Drecksau. Samuel teilt aus und muss auch einstecken. Ein wüstes Durcheinander. Harris holt aus, um Samuel die Nase im Gesicht platt zu dreschen. Da klickt eine Handschelle um dessen Handgelenk. Samuel, der das in seinem Eifer gar nicht mitkriegt, haut Harris voll in die Fresse.

»Sammy aus!«

Samuel blickt hoch.

»Richard!«

»Aus jetzt!«

»Hör mal, Richard. Ich bin doch nicht dein Hund! So kannst du vielleicht deinem kleinen Kläffer Befehle geben.«

Mario steht daneben und hält die schluchzende Juliane Kleinert tröstlich und stützend am Arm fest. Samuel schüttelt sein Handgelenk. Verflucht tut das weh!

»Hier sind wir fertig! Sammy, wir fahren zurück nach Stuttgart! Benussi! Sie klären alles mit den hiesigen Kollegen ab! Wir bringen Frau Kleinert zu ihrer Familie zurück, und dann habe ich endlich Feierabend. Sammy, wo steht dein Auto?« Damit endet Richard Jägers Schlussbesprechung.

Samuel zählt hinter dem Steuer seines Opels dann auf, wie viele Zufälle letztlich zu dieser Aktion geführt hatten. Angefangen bei der Observierung des Landsitzes wegen eines ganz anderen Falls. Dann die Aufzeichnung von Juliane Kleinerts Fluchtversuch, war auch nur reine Glücksache, Samuel wollte ursprünglich Förster Eckerts Equipment schon vier Tage zuvor abbauen. Und dann Marios Telefonanruf, sekundengenau in dem Moment, als die Aufzeichnung von Julianes Flucht auf dem Bildschirm zu sehen war. Samuel hätte sich die Bilder sicherlich kein zweites Mal angesehen. Da könnte man ja fast schon an Fügung denken.

»Frau Kleinert, ich glaube, Sie haben einen sehr aktiven Schutzengel. Ich versuche, das Schicksal einer Frau aufzuklären, die seit vierzig Jahren verschollen ist. Diese Frau war zum Zeitpunkt ihres Verschwindens ungefähr in Ihrem Alter. Und alle unsere Bemühungen führten uns zu Ihnen.«

»Göttliche Fügungen, Okkultismus? Mensch Sammy, du warst doch früher immer klar im Kopf!«

»Lieber Richard, es gibt Dinge zwischen Himmel und diesem Opel, die sind einfach unerklärlich. Punkt.«

»Ich bin jedenfalls sehr glücklich über ihren Okkultismus, Herr Brettschneider.«

»Ach ja, hier bitte, nehmen Sie mein Handy und rufen Sie ihre Familie an.« Samuel reichte sein Handy nach hinten, schaut seinen Ex-Vorgesetzten von der Seite an und sagt: »Fügung!«

Bei Kleinerts sind mit einem Male alle Ängste und Sorgen verflogen. Die Herren Jäger und Brettschneider teilen den Eltern mit, dass es tatsächlich nur einer Verkettung glücklicher Umstände und Ereignissen zu verdanken war, dass man ihre Tochter so schnell und unverletzt befreien konnte. Und Heidi wird die nächsten Tage kaum noch von der Seite ihrer älteren Schwester weichen. Auch sie hatte sehr gelitten und ist dementsprechend glücklich, dass ihre Schwester wieder zu Hause ist.

Heiner sagt zu Sabine, ganz cool: »Siehst du, die Alten machen sich immer viel zu viele Sorgen«.

Sabine hält dagegen: »Manchmal redest du so einen unglaublichen Mist, Heiner!«

Was Heiner in diesem Augenblick nicht vergegenwärtigt. Sabine hat in diesem Moment den ersten Schritt getan, heute und in Zukunft Heiners Leben in ihre Hände zu nehmen. Wir wollen hoffen, dass Heiner dies Zeit seines Lebens für Zuneigung und Fürsorge hält. Was es ja im Grunde auch ist, vermutlich. Und Juliane wird gleich bei der nächsten Gelegenheit einen Schwangerschaftstest machen.

Die beiden hart gesottenen US-Gangster Gerry und Marcel, deren wahre Identität noch geklärt werden muss, wurden angeschossen. Was mit denen geschehen wird, Haft oder Abschiebung? Man wird sehen.

Als Peyton Downey zu Ohren kam, dass seine Spitzenleute in Germany aus dem Verkehr gezogen worden waren und dass die Satansbuhlerin frei und unverbrannt weiterexistiert, geht der mit seinem Gott ins Gericht. Wie konntest du nur? Ich mühe mich ab, die Hexen aus der Welt zu verbannen! Hast du vergessen, was Luther am 6. Mai 1526 in deinem Namen predigte und fünffach verkündete? »Hexen sind zu töten!«

Und Harris denkt, verflucht, wie konnte denn so etwas passieren? Warum kam die Polizei mit so einem Aufgebot? Es gibt doch keine Zeuginnen. Keine der Puppen hat doch jemals den Hof lebend verlassen?

Und Samuel geht seit Langem einmal wieder mit sich selbst und der Welt zufrieden ins Bett.

15

10. September

Die Durchsuchung des Landsitzes hat weniger erbracht als erhofft. Man kann Harris die Freiheitsberaubung der Kleinert nachweisen. DNA-Material von ihr wurde im Haus und hauptsächlich in einer der zellenähnlichen Kammern sichergestellt. Kammern, die eindeutig dem Zweck dienen, Menschen darin festzuhalten. Die machen aber darüber hinaus den Eindruck, als wären sie schon lange Zeit nicht mehr in Gebrauch. Vermutlich seit den Zeiten des Vorbesitzers Dieter Faist nicht mehr. Abgesehen davon scheint Harris die fensterlosen Kammern nur noch als Abstellräume zu nutzen. Auch mit der Entführung kann man Harris nicht direkt in Verbindung bringen. Das deckt sich mit Juliane Kleinerts Aussagen. Was außer der Freiheitsberaubung bleibt, ist die Vergewaltigung durch einen Unbekannten. Vermutlich ein amerikanischer Staatsbürger und dessen rothaariger Assistentin. Harris war auch an der Vergewaltigung wiederum nur mittelbar beteiligt, indem er die Frau bis zum Eintreffen des Mannes gefangen hielt und in seinem Studio ein professionelles Filmset aufbauen ließ. Warum allerdings solch ein Aufwand betrieben worden war und die Vergewaltigung innerhalb dieser Kulisse stattfand und gefilmt wurde, bleibt unklar.

Aber allein die Tatsache, dass die Vergewaltigung in dem Studio geradezu inszeniert worden war, lässt den Schluss zu, dass Kulisse und Vergewaltigung als Teil eines Gesamtkunstwerkes anzusehen ist. Der weitergehende Zweck bleibt im Dunkeln. Die Kleinert wurde nach Fotos einer fremden Frau geschminkt und verändert, in Pose gesetzt. Das könnte allem Möglichen dienen. Erpressung, Einschüchterung oder das Vortäuschen einer Straftat. Nach den Vergewaltigungsaufnahmen, wurde die Kleinert dann noch weiterhin gefangen gehalten. Der Amerikaner hatte mit der Frau noch etwas anderes auf dem Plan! Was das sein könnte, lässt sich nicht einmal vermuten, aber sicher nichts Gutes. Wir wissen nur, es ging um ein Filmprojekt. Jedoch nicht mit irgendeiner x-beliebigen Frau, sondern speziell mit der kleinen Kleinert.

Also, ein unbekannter Vergewaltiger, nach dem gefahndet wird. Zwei Gangster, die durch raudihaftes Autofahren und Widerstand gegen die Staatsgewalt aufgefallen sind. Harris, der sich der Freiheitsberaubung und Zuführung zum Zwecke einer Vergewaltigung schuldig gemacht hat. Tja Sammy, wahnsinnig viel ist das nicht, einmal abgesehen davon, dass er mit ziemlicher Sicherheit die Tötung der Kleinert verhindert hat.

12. September

»Kann ich jetzt in das Haus, Richard, ich muss mich da drinnen umsehen, jetzt, wo die Spurensicherung abzieht.«

»Jaja, geh nur, viel wirst du nicht finden. Ein paar Bondage-Utensilien aus dem Erotikshop. Die haben wir sichergestellt. Auch Film- und Bildmaterial von der Art, wie es jedes aufgeklärte Ehepaar vor den Kindern ganz hinten in der Schublade versteckt hält. Geh nur!«

Samuel hatte sich mehr erhofft. Aber die Dinge, die mit großer Wahrscheinlichkeit in diesem Haus geschehen sind, wurden über die vierzig vergangenen Jahre ganz und gar ausgelöscht. Wohnbereich, Küche und Bad, Wein im Keller, Gerümpel auf dem Dachboden. Was Samuel vorfindet, ist ein ganz gewöhnliches Wohnhaus. Harris Auto stand vor Kurzem noch in der Garage, in der Vorderfront des Hauses, was vielleicht einmal der Schweinestall gewesen ist, als das Gebäude noch ein Bauernhaus war. Das Auto hat die Spurensicherung allerdings für weitere Untersuchungen mitgenommen. So ein Fahrzeug ist ja mobil und vielleicht lassen sich noch einige Spuren daran finden, die etwaigen Verbrechen zugeordnet werden können.

Samuel läuft um das Anwesen herum, das er vom Wald her observiert hatte. Er hatte es ja immer nur halbschräg von vorne im Blick. Der Hof hinter dem Hauptgebäude ist vollständig ummauert. Die beiden Mauern links und rechts vom Gebäude sind älter als das Haus selbst. Die stammen aus einer sehr viel früheren Zeit. Vielleicht die Reste eines Ritterguts. Die linke Mauer verläuft im Winkel zurückgesetzt, sodass der Platz in seiner Gesamtheit breiter als das Haus ist. Auf dieser Seite hatte Faist sein Studio errichten lassen. Modern mit viel Glas, aber passend zum Gesamtbild. Die Verbindungsmauer mit der eisenvergitterten Toreinfahrt ist auch älter, entstammt aber ebenfalls einer anderen Epoche. So viel erkennt sogar ein Laie. Ein bauliches Patchwork, über Generationen entstanden.

Gedankenverloren läuft Samuel das weitere Gelände ab. In der Umgebung gibt es nichts Außergewöhnliches zu sehen. Die verpachteten landwirtschaftlichen Flächen reichen bis auf wenige Meter an die Mauern heran. Die Fläche neben dem Hauptgebäude bis zu der hinten abgewinkelten, mittelalterlichen Mauer war wohl früher einmal ein Bauerngarten. Petersilie, Rettiche, Tomaten oder Zwiebeln. Was die Bäuerin oder die Magd in der Küche so benötigten, um ein einigermaßen bekömmliches Bauernfrühstück auf den Tisch zu bringen.

Die Fläche ist von einer ungepflegten Hecke eingegrenzt. Zwischen dem Geäst sind noch Bruchstücke und verrottete Teile der ursprünglichen Umzäunung zu erkennen. Drinnen wächst schon lange kein Gemüse mehr. Der Boden ist von einer Art Naturwiese bedeckt, was sich eben so auf natürliche Weise ansiedelt. So, wie das hier aussieht, wird Hecke und Wiese immer dann geschnitten, wenn es gar nicht mehr zu vermeiden ist. Den einzigen Zugang zu diesem Geviert bildet ein offener Durchgang vom Innenhof durch die beachtlich dickwandige, alte Mauer. Ein Grund vielleicht, dass die Hecke noch erhalten ist, sie verwehrt durch ihr Vorhandensein den Zugang von außen in das Hofareal.

Samuel läuft mehrmals das Wiesenstück ab, dann holt er sich eine Schaufel. Die Gartenfläche hat für seinen Geschmack eine völlig untypische Oberflächenstruktur. Er will die Bodenbeschaffenheit unter der Grasnarbe prüfen. Ein Bauerngarten in früheren Zeiten bestand in der Regel aus zwei Reihen von Beeten mit einem Mittelweg und etwas schmaleren Laufpfaden zwischen den Beeten. Die Beete, zirka ein auf vier Meter groß, und die von Generationen festgetrampelten Pfade dazwischen ergeben ein gleichmäßiges Raster von festgetretener Erde und relativ lockerem Boden dazwischen. Samuel legt Bodenstreifen von der Grasnarbe frei, von einem ebenmäßigen Raster ist nichts zu erkennen. Hier wurde gegen das noch bruchstückhaft erhaltene Bodenmuster gegraben.

Samuel greift zum Handy. Richards Nummer tippt er inzwischen schon blind ein.

»Richard, ich muss mit dir zu reden. Ich bin überzeugt, dass ich hier einen Friedhof entdeckt habe.«

»Jetzt mach mich nicht schon wieder verrückt, Sammy!«

»Komm, sieh's dir an. Hier wurde einiges verbuddelt.«

»Ich habe jetzt wirklich keine Zeit, die Presse! Aber ich schicke den Michael Fischer zu dir raus. Der ist ja im weitesten Sinne vom Fach. Einverstanden?«

»Klar, kein Problem. Danke Richard!«

Wenig später trifft Michael Fischer am Landsitz ein.

»Hab schon gehört, worum es geht. Was macht dich so sicher?«

»Sieh her, Michael. Ich habe in mehreren Streifen die Grasnarbe entfernt. Das Erdreich müsste in ganz regelmäßigen Abständen, mal verdichtet und lehmig hart und dazwischen von gelockerter Bodenbeschaffenheit sein. So wie hier an den Rändern des Areals. Vom ursprünglichen Bodenraster ist kaum noch etwas erhalten. Der größte Teil der Fläche ist aber ziemlich willkürlich durchgegraben worden. Was leicht zu erkennen ist.«

»Tja, das leuchtet mir ein. Und du glaubst, wir sollten hier mal versuchsweise graben.«

»Ja. Genau, das meine ich!«

»Gut, ich werde mit dem Chef reden.«

»Tu das, aber wenn ihr das nicht veranlasst, dann werde ich selber anfangen zu graben.«

»Jetzt mach mal langsam! Ich rede mit Richard. Warte ab und übernimm dich nicht.«

»Mach dir mal keine Sorgen, Michael. Ich grabe nur bis zum ersten Knöchelchen, dann könnt ihr anrücken.«

Samuel musste sich dann doch nicht selber abmühen.

Am folgenden Tag sind die Profis am Werk. Samuel und Michael sehen gespannt zu, wie mit einem kleinen Bagger Schaufel um Schaufel ausgehoben wird, bis der Mann an den Hebeln zu ihnen herüberwinkt.

»Haben Sie was?«

»Sieht aus wie ein Becken und ein Oberschenkelknochen«, sagt der Mann, der sonst nur auf regulären Friedhöfen baggert.

»Okay. Dann machen Sie mal Pause. Ich muss jetzt erst mal meinen Chef informieren.«

»Chef! Wir haben etwas, Gebeine.«

»Also gut, dann lasst erst mal alles Ruhen. Ich schicke die Truppe raus und mache das alles jetzt offiziell.«

Eine Stunde später sind die erste Spurensicherungsleute und Forensiker vor Ort. Der Umkreis der Grabungsstätte wird abgesperrt, und die Ausgrabungen geraten dann doch zu einer wahren Herkulesaufgabe, die längere Zeit in Anspruch nehmen wird.

Die beiden, Polizist und Ex-Polizist, können nun nichts weiter tun als abzuwarten, was die Ermittler herausfinden. Michael Fischer macht sich auf den Weg zurück zu seiner Dienststelle. Samuel bleibt noch. Er fängt an nachzudenken und unbewusst unruhig hin und her zu wandern. Ich hab etwas übersehen. Ich weiß es, irgendetwas fehlt und es will mir nicht mehr einfallen.

Samuel hatte gestern einen kurzen, flüchtigen Gedanken, der jetzt weg ist. Egal, wie angestrengt er auch sein Erinnerungsvermögen beansprucht, er kommt nicht zurück. Um die Erinnerung wiederzubeleben gibt es nur ein einziges Mittel. Nicht mehr daran denken und im Haus umherwandern.

Samuel geht noch einmal durch die Räume des Hauses. Vom Dachgeschoss bis zum Keller. Es gibt nichts Außergewöhnliches zu sehen. Das Haus wirkt vollkommen gewöhnlich, wenn man einmal von den Gefängniskammern und einigen in den Wänden eingelassenen Stahlringen absieht. Und trotzdem, etwas an dem Haus stimmt nicht.

Samuel versucht sich vorzustellen, wie es vor hundert Jahren hier ausgesehen haben mag. Ochse und Kuh, Hühner und die Sau im Stall. Viel schweißtreibende Arbeit auf den Feldern, als es noch kaum Maschinen in der Landwirtschaft gab. Samuel kommen einige verlorene Zeilen eines Liedes in den Sinn, die die ersten amerikanischen Siedler im Westen gesungen haben, damals, als es noch um das pure Überleben ging.

Meine Frau die heißt Mary,
die zieht jeden Pflug.
Die ist stark wie 'ne Kuh,
und sie riecht auch so.

Da liegt sicher viel Wahres in diesen Worten. Unsere Eltern, auch die, die in der Stadt lebten, hatten noch Nutzgärten und Vorräte im Keller und oben auf den Schlafzimmerschränken das Eingekochte. Nun fiel es Samuel wie Schuppen von den Augen, wie man so sagt. Das Haus hat einen Keller. Aber der gewölbte Keller fehlt. Ein Bauernhaus ohne gewölbten Keller für die Einlagerung der Vorräte an Kartoffeln oder Rüben, das gibt's nicht.

Samuel schaut sich den Keller nochmals genauer an und tatsächlich, an der hinteren Wand, genau wo er es vermutet hatte, wird er fündig. Wenn man weiß, wonach man suchen muss, fällt es sofort ins Auge. Hier wurde der Durchgang zu einem weiteren Keller zugemauert und übertüncht. Wenn man genau hinsieht, erkennt man die Umrisse an den unterschiedlichen Oberflächenstrukturen.

Für heute langt es ihm. Samuel überlegt, ob er die Frau Maier anrufen soll, um sie wenigstens teilweise in Kenntnis zu setzen. Ich denke ich tu es. Sie ist ja eine erwachsene Frau, die wird das sicher verkraften.

»Maier«!

»Hallo, Frau Maier, hier ist Brettschneider. Ich habe erste Hinweise auf das mögliche Schicksal ihrer Freundin Elisabeth.«

»Ja, Herr Brettschneider, kommen sie doch einfach bei mir vorbei. Ich kann uns Kaffee machen, ich höre mir schlechte Nachrichten lieber im Sitzen an.«

»Da könnten Sie recht haben, Frau Maier. Gut, ich komme so bis in einer Stunde in etwa. Bis dann, auf Wiedersehen!«

Samuel hatte der Paula Maier, während er andächtig in seinem Kaffee herumrührte, äußerst schonend verklickert, dass in dem ehemaligen Kräutergarten neben Faists Haus schätzungsweise mehr als ein Dutzend Leichen vergraben sind. Nun ja, Samuel kann die Tatsachen so rosig verpacken, wie er will, aber ein Dutzend Leichen bleiben nun mal ein Dutzend Leichen.

»So etwas Ähnliches hatte ich mir schon gedacht. Uns sind ja damals die Kerle rudelweise hinterher gestiegen. Das gehört zu den Risiken der Popularität. Man weiß nie, was so ein »Verehrer« wirklich will und vorhat. Das ist heute so und das war auch früher schon so. Jeder Prominente kann ein Lied davon singen.«

»Ich glaube, wir sollten das Thema beenden, es ist ja auch noch gar nichts sicher ... trotzdem, eine Frage habe ich noch. Die Identifizierungen dürften schwierig werden, darum frage ich Sie lieber gleich. Wissen Sie, ob Elisabeth Knochenbrüche hatte?

»Tut mir leid, Herr Brettschneider, aber an Verletzungen kann ich mich nicht erinnern. Ich denke, Elisabeth hatte nie Verletzungen irgendwelcher Art. Mir ist auch nie etwas an ihr aufgefallen. Noch Kaffee?«

»Gerne Frau Maier, der ist wirklich hervorragend, der Kaffee!«

»Also, dann erzählen Sie mal, wie es Ihnen im Ruhestand denn so geht, Herr Brettschneider.«

Am Abend des Vierzehnten wird dann das verschoben Treffen der Kollegen und eines Ex-Kollegen im Rappen nachgeholt. Michael und gleich darauf Samuel treffen als Erste ein.

»Hallo, Sonja! Ich nehme das Gleiche wie immer.«

»Grüß dich, Michael! Du siehst nicht gut aus.«

»Mir geht's auch nicht besonders. Diese Ausgrabungen gehen an die Nieren.«

»Was denn für Ausgrabungen?«

»Da red ich lieber gar nicht drüber. Wahrscheinlich steht morgen schon etwas in der Zeitung.«

Jungwirtin Sonja brachte die Getränke. Ein Radler, ein Bier, wie immer!

»Danke, Sonja!«

Michael wartete, bis Sonja wieder außer Hörweite war.

»Bevor die anderen eintreffen, erzähle ich dir lieber gleich den Stand der Dinge. Was die Leute da draußen aus der Erde holen, ist einfach nur grauenhaft.« Michael sah sich nochmals um. »Bis jetzt wurden aus fünf Gräbern die Gebeine geborgen. Alles Frauen. Ins erste, ins zweite und ins dritte Loch haben sie die Frauen einfach hineingeworfen, wie Abfall, eine ziemlich üble Vorstellung! Weißt du, ich habe eine Tochter, die gerade in das Alter dieser Mordopfer hineinwächst, die Gedanken, die man sich macht, die können keine Eltern kalt lassen. Wenn man bedenkt, dass früher der Faist und womöglich bis heute der Harris so eine Art Film- und Fotoservice für perverse Frauenhasser betrieben, da können wir uns leicht ausmalen, was die mit der Kleinert alles gemacht hätten. Und letztlich wäre auch sie spurlos verschwunden. Bis auf eine seltsame Ausnahme wurden in keinem der Gräber Kleidungsreste gefunden, keine Knöpfe, keine Reißverschlüsse oder sonst irgendetwas. Nur die Reste von Seilen, die Frauen waren gefesselt. Ob sie noch am Leben waren, als man sie in die Erde warf, kann man bis jetzt noch nicht sagen.«

Michael schaut erneut zu Sonja hin.

»Was ist?«

»Ich möchte nicht, dass Sonja das mit anhören muss. Also, in einem vierten Grab fand man so etwas wie ein Gestell, ungefähr kniehoch. Eine Frau war darüber festgeschnallt gewesen, das konnte man noch feststellen. Kurios ist dabei, sie war offenbar mit einer SS-Uniformjacke bekleidet gewesen.«

»Hört sich ziemlich verrückt an. Da müsste man den Harris befragen, aber ob der spricht, ist fraglich? Was ihr da draußen ans Tageslicht holt, ist viel, viel schlimmer und scheußlicher als das, was ich auch nur im Entferntesten vermutet habe.«

»Aber es hört noch nicht auf. Die fünfte Grabung brachte etwas ganz Absonderliches zutage. Eine Kiste, nein, es war wohl ein Sarg. Zusammengezimmert in gleichschenkliger, dreiseitiger Sternform. Darin fand man die Überreste einer Frau. Die Arme hinter ihrem Rücken gefesselt. Mit Seilen um den Hals und um die Fußgelenke geschnürt, hatte man sie in die Kiste eingespannt. Die Frau wurde wahrscheinlich lebendig begraben. Die Tat eines perversen Komikers.«

»Oder ein Ehemann, der seine ungetreue Frau auf diese Weise entsorgt hatte?«

»Du kommst auf Ideen!«

»Tja, wer weiß! In den allerhöchsten Kreisen, da lässt man sich nur ungern von einem gewöhnlichen irdischen Gericht scheiden. Nun, Faist ist tot, den Kameramann des Grauens kann keiner mehr belangen. Die Frage ist nun, inwiefern hat Harris bei all den Grausamkeiten mitgewirkt. Was hat Harris bei alledem für eine Rolle gespielt? Da haben die Kriminalisten noch unabsehbar viel Ermittlungsarbeit zu leisten.«

»Den Leuten da draußen geht's nicht gut, die können die Arbeit nur ertragen, wenn sie dabei abschalten und stur ihren Job machen. Wer das nicht kann, der kotzt ganz schnell sein Mittagessen zurück in die Natur. Ah, da kommen die Kollegen. Hallo Leute!« Michael wandte sich zu Samuel hin. »Du bist informiert! Wir lassen das Thema jetzt ruhen«, sagte er leise zu ihm. »Die, die damit befasst sind, haben so schon genug zu verdauen mit dem, was sie alles zu sehen bekommen.«

Carl Postel kommt und hebt grüßend die Hand, grüßt alle und jeden, besonders die Sonja. »Sonja! Eine Runde Jägermeister-Leberkleister!«

Die Kleinerts veranstalten aus lauter Freude über die Rückkehr der Tochter ein Fest, ein Freudenfest. Samuel Brettschneider ist ebenfalls dazu eingeladen.

Juliane hatte ihrer Familie von der Entführung, den Entführern und der spektakulären Rettung berichtet, ohne allerdings allzu sehr darauf einzugehen, dass sie in der Nacht ihrer Entführung so besoffen gewesen war, dass ihr der komplette Film gerissen ist. Viel lieber erzählt sie die Story von den K.o.-Tropfen im Colaglas. Das hört sich ja auch viel eher nach unschuldigem Opfer an. Und sie erzählt auch davon, wie sich Samuel am Ende für ihre Befreiung eingesetzt hatte und sich dann auch noch mit Harris prügeln musste, um sie den Klauen des Monsters zu entreißen. Mit strahlenden Augen berichtete Juliane, dass dem Herrn Brettschneider die Hand danach sehr wehgetan hatte, nachdem er dem ekeligen Harris voll in die Fresse gehauen hatte.

Samuel macht auf bescheiden und wiegelt ab. Das lassen die Verwandten nicht gelten. Man könne das Engagement des Herrn Brettschneider gar nicht hoch genug einschätzen. Samuel winkt erneut ab und winkt Mutter Kleiner, Vater Kleinert und Juliane Kleinert zur Seite für ein Gespräch, das nötig zu sein scheint.

»Ihre Tochter wurde gezielt entführt«, beginnt er, »im Auftrag eines gefährlichen Kriminellen.«

»Eines großen Dreckschweins«, verbesserte Juliane, was ihr sofort einen missbilligenden Blick ihrer Mutter einbrachte.

»Ja, so oder so«, fuhr Samuel fort. »Das Problem ist, wir haben die Pläne dieses Mannes gründlich gestört.«

Juliane wollte wieder den Mund aufmachen, aber ihre Mutter schickte vorsorglich einen weiteren missbilligenden Blick an ihre Adresse.

»Also, worauf ich hinaus will. Die Leute haben Ihre Tochter gezielt ausgewählt. Juliane war dazu ausersehen, einer anderen Person bis aufs Haar zu gleichen, für ein spezielles Filmprojekt, dessen Zweck noch völlig im Dunkeln liegt.«

»Ich kann mir die Zwecke schon vorstellen, die diese perverse Drecksau noch vorhatte!«

Wieder erntet Juliane die missbilligenden Blicke ihrer Mutter.

»Wir müssen damit rechnen, dass die Leute erneut versuchen werden, Ihre Tochter in ihre Gewalt zu bringen. Ganz auszuschließen ist das nicht. Ich bitte Sie daher, für die nächste Zukunft Vorsicht walten zu lassen. Beim geringsten Verdacht nehmen sie bitte Kontakt mit der Polizei auf.«

»Also mit Ihnen!«

»Nein, Mami. Herr Brettschneider ist Pensionär. Er hat privat ermittelt. Ohne ihn wäre ich womöglich schon tot«, sagte Juliane und lächelte dabei Samuel an.

In dem Moment scheint Mami von Sorgen geradezu übermannt zu werden.

»Ich habe dir immer gesagt, du sollst mit der Auswahl deiner Freunde vorsichtig sein.«

»Ich bin immer vorsichtig. Man sieht es ja einem Mann nicht an der Nasenspitze an, was für ein Dreckschwein er sein könnte.«

»Schon wieder dieses Wort! Muss das sein? Wir haben dich doch ordentlich erzogen, Kind.«

»Aber es ist doch wahr, Mami! Wir leben in einer Scheißwelt. Da kann man nicht einfach die Augen verschließen und so tun, als wäre alles wunderbar!«

Jetzt mischt sich auch noch der Vater ein, nicht ohne zuvor durch Augenkontakt die Erlaubnis seiner Frau einzuholen.

»In Zukunft wollen wir wissen, wohin du abends gehst.«
»Ich kann schon selber auf mich aufpassen!«
»Das haben wir ja gesehen, worauf du achtest!«
»So? Worauf achte ich denn deiner Meinung nach?«

Bevor nun auch noch die engere Verwandtschaft in die Diskussionen mit einsteigt, verabschiedet sich Samuel lieber mal höflich. Die Familienfeier scheint langsam zu eskalieren. Da ist es besser, rechtzeitig das Weite zu suchen. Juliane bringt Samuel zur Tür.

»Frau Kleinert ...«
»Sie können ruhig Juliane zu mir sagen.«
»Also Juliane. Ich verschwinde lieber. Wenn irgendetwas Beunruhigendes vorfallen sollte, dann melde dich bei mir oder den Kollegen, die kennst du ja inzwischen. Und lass dich von niemanden verrückt machen, dass hilft nun wirklich keinem. Also dann, auf Wiedersehen.«
»Tschüss, Herr Brettschneider.«

16

Der Keller

Das Telefon klingelt. Samuel hebt ab.
»Jou!«
»Wir haben den Keller geöffnet, Sammy. Am besten, du schaust es dir selber an.«
»Bist du's, Michl?«
»Ja!«
»Okay, ich komme raus, bin gleich da.«
Eine Stunde später späht Samuel durch den Durchbruch hindurch.
»Ei verflucht! Entfährt es ihm unwillkürlich. Sieht aus wie ... irgendwie sakral. Wie ein Gebetsraum oder ein Anbetungsraum.«
»Du hast es erfasst, Sammy. Es scheint tatsächlich so etwas wie ein Anbetungstempel zu sein und gleichzeitig eine private Gruft.«
»Gruft?«
»Hier unten hat Faist offenbar vier Frauen beigesetzt. Jedenfalls kann man es mit hoher Wahrscheinlichkeit dem Faist zuordnen.«
Samuel schaut sich um. In jeder Ecke des Kellers befindet sich ein gemauerter Quader, halbhoch und übertüncht. Darauf aufgelegt Platten aus Nussbaumholz oder Kirsch. Eine der Mauerungen wird von einer Granitplatte abgedeckt.
»Das sind wohl vier Altare, vermutet Michael.«
Obenauf befinden sich außer Kerzenständern und Vasen mit vertrockneten Rosenstängeln gerahmte Bilder der eingemauerten Frauen in arrangierten Posen und Situationen, die man lieber nicht direkt beschreiben sollte. Die gerahmten Fotos und Gegenstände wie Schmuck, Kosmetik, aber auch Handschellen und andere Dinge, sind aufgestellt und arrangiert wie Reliquien. Kerzenhalter mit Kerzen- und Wachsresten an den Wänden. Hinten an

der Wand, zwischen zwei Altären, ein großes Holzkreuz mit Riemenanbindungen.

Samuel hat genug gesehen. Es sieht tatsächlich so aus, als hätte Faist auch nach dem Tode der Frauen noch eine Beziehung zu ihnen gepflegt. Michael bläst die Staubschicht von einem der Altäre, darunter kommen unzählige eingetrocknete Flecken zum Vorschein. Eine sexuelle Beziehung ja, aber keinesfalls eine gepflegte. Der Spinner hat sein genetisches Material offenbar sehr großzügig verschleudert.

»Die Toten haben Namen«, fährt Michael fort. »Anna, Barbara, Elisabeth und Esther. Man kann also davon ausgehen, dass du Elisabeth Behringer somit gefunden hast.«

»Das heißt, die Behringer wurde hier eingemauert?«

»So sieht es aus! Der Faist hatte in diesem Raum seine wahnsinnigen Vorstellungen geradezu zelebriert.«

»Heilige Scheiße!«, entfährt es Samuel ganz und gar unchristlich, »sieht so aus, als hätte er die Frauen geliebt!«

»Ja, zu Tode geliebt.«

»Genau! Wenn man bedenkt, wie draußen im Kräutergarten die Leichen weggeworfen und verbuddelt worden sind. Offenbar hat er die vier Frauen angebetet.«

»Vielleicht verhielt er sich wie ein boshaftes Kind, das sein Lieblingsspielzeug kaputtmacht, um so seine Eltern zu strafen.«

»Wir werden es nie in Erfahrung bringen können, aber auf seine Art war der wohl vollkommen abgedreht.«

»Da hast du so was von Recht, Sammy!«

»Jeder Mensch trägt das Gute und das Böse in sich. So viel habe ich in meinem langen Berufsleben gelernt. Die Hirntechnik braucht zum Funktionieren einfach Pol und Gegenpol.«

»Oh je, der Sammy wird zum Philosophen. Und du glaubst also, der Faist hatte zu viel Gegenpol. Wenn du Faists Anwalt wärst, dann hätten die toten Frauen am Ende auch noch selber Schuld.«

»Du sagst es, das haben wir doch schon oft genug erlebt, wie aus Opfern Täter gemacht werden. Aber lassen wir das, wir wissen beide, dass das alles nichts bringt. Was habt ihr sonst noch gefunden?«

»Hauptsächlich Film- und Fotomaterial. Das wird jetzt in den Labors und im Kriminalamt ausgewertet. Mit etwas Glück können wir so noch einige alte Vermisstenfälle aufklären.«

»Also Michael, dann sehen wir uns morgen wieder, hier in der Gruft der geliebten Frauen.«

**Rückblende
Elisabeth**

Elisabeth hört das Klicken einrastender Handschellen hinter ihrem Rücken. Dann fühlt sie den kalten Stahl auf ihrem Hintern. Irgendetwas läuft hier total falsch.

»Wieso machen sie das?«

Anstatt einer Antwort kettete Faist sie an einem Eisenring an der Wand an.

»Nur Geduld, meine Liebe, ich habe zuerst noch einiges zu erledigen. Dann haben wir Zeit füreinander, nur Geduld.«

Faist verlässt den Raum und eine ratlose, verunsicherte Elisabeth bleibt zurück. Sie blickt sich in der fensterlosen Kammer um. Wie eine Gefängniszelle, denkt Elisabeth, was hat der Spinner nur mit mir vor?

Dieter Faist steigt in das Kellergewölbe hinab, um sich von seiner zweiten Frau zu verabschieden. Sie leben nun ja nicht mehr zusammen. Im Keller wendet er sich einer quaderförmigen Ummauerung zu, etwas mehr als einen Meter hoch und weiß übertüncht. Oben abgedeckt mit einer polierten Platte aus Kirschbaumholz, die mit zwei Kerzenständern, einem Strauß roter Rosen und Barbaras gerahmtem Foto dekoriert ist. Faist zündete die Kerzen an.

»Du weißt, dass mich das traurig macht, dass wir von nun an getrennt sein werden. Aber du weißt auch, dass man nicht in Bigamie leben soll, das verstehst du doch, oder?«

Faist erhält keine Antwort von Barbara. Er hatte sie schon vor Tagen gefesselt und in eine Kiste regelrecht hineingefaltet, danach hier unten eingemauert.

»Ich gebe dich nun frei, mein Liebling, ich musste natürlich dafür sorgen, dass sich keine anderen Männer mehr an dir vergreifen. Dafür hast du doch Verständnis, meine geliebte Barbara.« Faist scheint einige Augenblicke lang zu lauschen. »Ich denke, sie hat es begriffen. Ich muss dich jetzt allein lassen, meine Süße. Aber ich komme dich bald wieder besuchen, das verspreche ich dir. Auch wenn du nun hier in unserem Tempel wohnen wirst, bleiben wir doch für alle Zeiten miteinander verbunden.«

Dann geht er zurück zu Elisabeth.

»Das wäre erledigt! Wie geht es dir, mein Schatz, hast du Hunger?«

»Wieso bin ich Ihr Schatz?«

»Aber so sagt man doch zu seiner Frau, oder etwa nicht?«

»Ich bin nicht Ihre Frau!«

»Doch, doch Elisabeth, das bist du. Ich gehe jetzt noch schnell unter die Dusche, dann essen wir zusammen zu Abend. Später wirst du gebadet, nach so einem ereignisreichen Tag tut dir das sicher gut.«

Der lebenslustigen aber sensiblen Elisabeth wird es plötzlich ganz flau im Magen. Die Farbe weicht zusehends aus ihrem Gesicht. Faist schaut sie nachdenklich an und sagt:

»Das wird schon, ich bringe dich zur WC-Schüssel, da kannst du dich auskotzen. Wenn wir nachher mit dem Abendessen fertig sind, wird es dir besser gehen.« Fürsorglich bugsiert er Elisabeth an die Schüssel heran. »Dann bis nachher«, verkündete er heiter, »ich gehe jetzt unter die Dusche.«

Elisabeth kniet mit gefesselten Händen vor der WC-Schüssel und würgt ganz erbärmlich, muss sich dann aber doch nicht übergeben. Ein säuerlicher Geschmack sammelt sich trotzdem in ihrem Rachen. Etwas später kommt Faist, frisch gemacht, zurück und nimmt ihr die Handschellen ab.

»Jetzt werden wir erst mal etwas essen, Elisabeth. Komm zu Tisch«, wird sie von Faist ganz freundlich aufgefordert.

Dieter Faist macht Toast Hawaii, kocht zuvor noch ein schmackhaftes Süppchen aus der Dose. »So richtig kochen, das kann ich ja nicht«, sagt er, »aber das wird ab morgen anders, wenn du die Küche machst.«

»Die Küche machen?«

»Ja, kochen und so!«

»Das geht aber nicht.«

»Warum soll denn das nicht gehen?«

»Ich muss heim.«

»Warum? Du bist doch hier daheim!«

»Ich werde wahnsinnig, vielleicht bin ich's schon. Natürlich muss ich nach Hause. Ich muss meine Blumen und die Kakteen gießen ... eigentlich nur die Blumenpflanzen, die Kakteen brauchen nur alle drei Wochen einmal ein wenig Wasser.«

Elisabeth denkt, was rede ich hier von Blumen und Kakteen. Der Kerl spinnt total. Hier geht's um meine Freiheit, vielleicht sogar um mein Leben, und ich rede wie eine Doofe von meinen Blumen. Mannomann, so eine Scheiße auch.

»Du hast recht, Elisabeth. Ich werde gleich morgen Blumen besorgen, für die Fensterbank.«

»Das können Sie doch nicht machen!«

»Natürlich werde ich Blumen kaufen und auch Kakteen.«

»Nein, das können sie nicht machen, mich hier einzusperren!«

»Na, anders geht's wohl nicht, Elisabeth. Das musst du doch einsehen, und sag doch einfach Dieter zu mir.«

»Das geht so nicht. Und dann sitze ich hier auch noch völlig nackt!«

»Nicht ganz, du hast doch immer noch den BH an.«

»Soll ich jetzt lachen?«

»Natürlich nicht, denn das ist überhaupt nicht lustig. Du bist meine Frau, ich werde dir sagen, wenn du lachen darfst, alles klar! Und jetzt ab in die Wanne.«

»Oh Mann, Sie spinnen doch!«

»Werd jetzt bloß nicht frech, sonst bleibst du die ganze nächste Woche über geknebelt. Das wird lustig, denn dann darfst du lachen, soviel wie du willst.«

»Scheiße!«

»Werd nur nicht frech!«

Elisabeth kommen in diesem Augenblick Zeitungsartikel in den Sinn, die sie ohne Anteilnahme gelesen hatte. Denn Indien und Arabien sind weit. Dass dort vierzehnjährige Mädchen an irgendeinen Vetter oder fremden Mann zwangsweiße verheiratet werden, hatte sie kaum berührt, warum auch. Doch nun beschleicht sie eine Vorstellung davon, wie unwürdig so etwas ist und wie schlecht die jungen Mädchen von der Schwiegerfamilie oft behandelt werden. Bis hin zu Tötungen durch inszenierte Unfälle.

Elisabeth Behringer hat keine Ahnung, dass sie bis vorgestern eine Vorgängerin hatte und dass diese Frau wegen ihr nun im Keller wohnen muss. So oder so ähnlich stellt sich wohl Barbaras augenblicklicher Zustand in Faists verdrehter Fantasie dar. Dass Faist auch weiterhin mit den beiden Frauen im Keller ein sexuelles Verhältnis unterhält, das ahnt Elisabeth nicht. Wer könnte sich auch je so eine verrückte Konstellation vorstellen.

Abgesehen davon interessiert sich Elisabeth nicht im Geringsten für Faists sexuelle und mentale Abartigkeiten mit toten Frauen im Keller. Sie macht sich nur Sorgen um ihr eigenes Leben, das ihr zunehmend zu entgleiten scheint. Neu ist es allerdings nicht, dass Männer für ehemalige tote Geliebte oder tote Ehefrauen außergewöhnliche Mausoleen errichten, bis hin zu einem Tadsch Mahal. Viele Touristinnen sehen darin ein Denkmal für eine große Liebe. Nun ja, entgegen dieser vordergründigen Ansicht wurde hier wohl eher eine Frau in einem goldenen Käfig verfügbar gehalten.

Das Einzige, wofür sich Elisabeth wirklich interessiert, ist die Frage: Wie kann ich diesem Verrückten entkommen? Aber wie soll das überhaupt gehen, wenn er sie doch ständig am Haus angekettet hält. Noch glaubt Elisabeth daran, dass sich irgendeine Möglichkeit zur Flucht auftun wird. Selbst wenn sie nackt wegrennen muss.

16. September

Samuel taucht unter dem Flatterband der Absperrung hindurch. Anwesende Ex-Kollegen kennen ihn, sie wissen um seine Aufklärungsarbeit zu diesem Fall. Man winkt sich freundlich zu. Er steigt die Stufen zum Gewölbe hinab, der Geruch des Todes kommt ihm entgegen. Man trifft sich auf halber Treppe. Samuel greift Gewohnheitsmäßig zum Taschentuch. Michael sieht, wie Samuel durch den Durchbruch steigt.

»Heu. Grüß dich!«

»Auch Heu! Wie geht's voran?«

»Wir haben eine ganze Menge Material gefunden und die Auswertung wird uns einige Zeit lang beschäftigen, fürchte ich.«

»Was für Material?«

»In den Truhen hier lagerten Filmrollen, Fotos und auch Negative. Wahrscheinlich Kopien dessen, was Faist und vermutlich auch Harris für ihre Auftraggeber angefertigt hatten.«

»Mit großer Wahrscheinlichkeit kann man eine der Filmkopien mit den aufgefundenen Opfern in Verbindung bringen. Ausgeführt wie ein Spielfilm, also mit Handlung und Aufbau. Am Ende des Machwerkes sieht man, wie vier junge Frauen von Soldaten erschossen werden. Die Leichen werfen sie dann in eine Grube. Das passt zu den Gebeinen aus einem der Gräber. Einige der Knochen weisen auch die typischen Spuren von Schussverletzungen auf.«

»Und wie weit seid ihr inzwischen hier unten mit den vier eingemauerten Leichen?«

»Das geht uns allen wirklich an die Nieren. Die vier Frauen wurden lebendig eingemauert, das weiß man inzwischen schon. Dabei ist es weniger der Tod, den kennen wir, die Kolleginnen und Kollegen aus unser täglichen Praxis. Aber die Angst und Verzweiflung, wenn die Erstickung droht, wenn die Luft weg bleibt, diese Vorstellung ist nur schwer zu ertragen. Wie kann man nachvollziehen, wie ein Mensch anderen so etwas antun konnte? Ich muss dabei unweigerlich an eine Fernsehdokumentation denken, die ich vor Kurzem gesehen habe. Es ging dabei um den Nachteil als Mädchen auf die Welt zu kommen. Es gibt da ein Dorf in Indien. Die Kinder des Dorfes sind bis auf ganz wenige Ausnahmen allesamt männlichen Geschlechts. Die Bewohner legen ein neugeborenes Mädchen, gleich nach der Geburt, in einen Karton und vergraben ihn dann außerhalb des Hauses. Wenn der Karton dann am nächsten Tag wieder ausgegraben wird, ist das Kind erstickt oder erfroren. Für die Dorfbewohnern scheinbar ganz normale Praxis. Die Mütter lässt man mit der Verarbeitung dieses Traumas allein. Die müssen selbst damit zurechtkommen. Nur ganz wenigen ist es gelungen, die Tötung einer Tochter zu verhindern.«

»Und warum tun die Dörfler so etwas?«

»Ein Mädchen in Indien zu verheiraten kostet Geld, viel Geld! Ein Mädchen als Schwiegertochter bringt eine Mitgift in die Familie ein. Eltern mit zwei oder drei Töchtern, die sie lieben und großziehen, sind am Ende wegen dieser Liebe zu ihren Kindern so gut wie ruiniert.«

»Tja! Das lässt sich mit unseren Normen nicht vergleichen. Was ist mit Elisabeth? Lassen sich die Gebeine zuordnen für eine ordentliche Beerdigung?«

»Ziemlich sicher. Faist hat bestimmt Wert darauf gelegt, sich über der richtigen Leiche zu vergnügen. Über den Abdeckplatten, an den Kerzenständern und den gerahmten Fotos seiner Lieblinge hatte Faist sein Genmaterial ziemlich reichlich verschleudert.«

»Das wird mir jetzt zu schmierig! Ich melde mich dann wieder bei dir. Apropos, wenn die Behringer dann endgültig beigesetzt wird, würde ich gerne dabei sein. Das verstehst du doch.«

»Ich verstehe das recht gut, Sammy. Ich werde dich auf jeden Fall auf dem Laufenden halten.«

»Danke, daran liegt mir sehr viel. Also bis dann Michael!«

»Mach's gut, Sammy!«

Zu Hause angekommen, nimmt Samuel das Telefon zur Hand und wählt die Nummer der Frau Maier.

»Hallo!«

»Hallo, Frau Maier, ich bin es, Brettschneider.«

»Schön dass sie sich melden, wie geht's ihnen denn?«

»Danke der Nachfrage, ganz gut jetzt. Ich habe übrigens gute Nachrichten, falls man dies als eine gute Nachricht bezeichnen kann.«

»Ja?«

»Wir haben die Überreste von Elisabeth Behringer gefunden. Ich würde sie ganz gerne informieren, wenn sie sich die Einzelheiten dazu anhören möchten?«

»Ja schon, sicher. Ich sage ihnen was. Ich bin morgen Vormittag in der City, wenn sie wollen, können wir uns gegen dreizehn Uhr dann im Breuninger treffen. Oben, im Ersten, im Café.«

»Gut, ich freu mich. Ich habe ja nun wieder genügend Zeit zur Verfügung. Meine selbst gestellte Aufgabe ist weitestgehend erledigt. Dann bis morgen, Frau Maier. Gute Nacht!«

Danach meldet sich Michael Fischer noch einmal bei Samuel.

»Hallo Sammy! Ich dachte, Ich rufe dich gleich noch einmal an, dann ist es geklärt. Also, die Identität der Elisabeth Behringer kann als gesichert angesehen werden. Damit haben deine Ermittlungen letztlich doch noch zum Erfolg geführt. Ich gratuliere. Auch im Namen vom Chef. Richard Jäger hat sich doch tatsächlich dazu herabgelassen und will dir dann auch noch persönlich vor der Mannschaft seinen Dank aussprechen.«

»Danke Michael, aber du weißt, wie es heißt: Für ein Danke kann man sich nichts kaufen. Trotzdem freut es mich natürlich, dass Richard unsere Arbeit würdigt. Das ist ja sonst nicht sein Ding. Also danke für deinen Anruf, Michael.«

»Na dann gute Nacht, Sammy!«

Am folgenden Tag, einem Samstag, schlenderte Samuel, nach langer Zeit mal wieder entspannt, die Königstraße hinunter. Er betrachtet beim Wittwer, gegenüber vom neuen Schloss, die Auslagen im Schaufenster. Vielleicht sollte ich mir ein Buch kaufen, Zeit habe ich ja jetzt zur Genüge. Einen Kriminalroman vielleicht? Diese Krimiautoren, die saugen sich ja die unglaublichsten Geschichten aus den Fingern. Was denen immer wieder so alles einfällt. Aber Samuel weiß auch aus jahrzehntelangen eigenen Erfahrungen, dass es nichts gibt, was es nicht gibt.

»Hallo Herr Brettschneider!«

Samuel dreht sich um und staunt. Juliane Kleinert, zusammen mit ihrer jüngeren Schwester Heidi und deren Freundin Sabine, hatten ihn vor dem Buchladen entdeckt.

»Na, das freut mich jetzt, dich zu sehen. Wie geht es dir, ist nun alles wieder gut?«

»Mir geht's jetzt wieder gut, ja. Das ist meine kleine Schwester Heidi, die kennen sie ja schon, und ihre Freundin Sabine. »

»Grüß dich, Sabine. Mit deinem Vater habe ich in den letzten Wochen eng zusammengearbeitet.«

»Ich weiß, das war schon stark, wie sie und mein Vater die Juliane herausgehauen haben.«

Bei dem Wort »herausgehauen« blickt Samuel unwillkürlich auf seine Hand.

»Ich bin ihre Schwester«, meldet sich Heidi zu Wort. »Nicht ihre kleine Schwester. Die Juliane glaubt jetzt, dass sie mich ständig bemuttern und auf mich aufpassen muss!«

»Also, ganz schlecht ist es ja nicht, wenn ihr aufeinander Acht gebt.«

»Ja, Herr Brettschneider, wir gehen dann mal weiter zur Gloria Passage. Meine kleine ... ich meine, meine Schwester will sich noch ein paar Dekors kaufen. Und vielleicht gehen wir dann in den neuen Bond-Film, falls wir überhaupt noch Karten bekommen. Und Sie? Haben Sie noch etwas vor?«

Samuel schaut auf seine Uhr.

»Au ja! Jetzt wird's aber Zeit für mich. Ich habe ein ... äh ... ein Date, so sagt man das jetzt. Also Tschüss zusammen!«

»Tschüss Herr Brettschneider«, rufen die drei im Chor.

Samuel setzt sich in Bewegung. Zum Breuninger sind es nur wenige Minuten zu Fuß. Paula Maier wartet bereits im Lauder, als Samuel eintrifft. Sie lächelt ihm entgegen.

»Guten Tag, Herr Brettschneider.«

»Guten Tag, Frau Maier.« Samuel macht auf ganz alte Schule. »Darf ich mich setzen?«

»Setzen Sie sich bitte, wir sind ja schließlich miteinander verabredet.«

»Sie haben eingekauft, wie ich sehe.«

»Ja, es ging schneller, als ich dachte. Wissen Sie, ich glaube, dass ich in der nächsten Zeit etwas Schwarzes brauchen werde.«

»Davon bin ich überzeugt. Und so sind wir auch schon beim Thema. Ich werde es kurz machen.« Samuel zählt in groben Zügen über die Fakten auf: »Elisabeth geriet in die Fänge eines Psychopathen, der sie über längere Zeit gefangen hielt. Das war kein Unbekannter, Sie kennen den Mann als den Fotografen Faist. Ich hatte ja schon so etwas angedeutet, als wir das Gräberfeld in dem ehemaligen Kräuter- und Gemüsegarten gefunden hatten.«

»Sie haben Elisabeth also in den Gräbern neben Faists Anwesen gefunden.«

Auf ihrem Gesicht Spiegelte sich angespannter Schrecken, aber auch Erleichterung, endlich Gewissheit zu erhalten.

»Nun, verscharrt haben sie sie nicht. Inzwischen wissen wir, dass Faist und Harris Aufträge für tödlich-perverse Film- und Fotoaufnahmen übernommen haben.« Frau Maier blickt interessiert auf. »Es gab da offenbar eine Vereinigung von perversen, reichen Frauenhassern, für die die beiden gearbeitet haben. Zum Teil wurden die Opfer dann direkt auf bzw. unter Faists Grund und Boden entsorgt, wenn man es einmal so zynisch ausdrücken möchte.«

Paula Maier war nun doch sichtlich erschüttert.

»Das heißt, während ich noch einige Male vor Faist Modell gestanden habe, war Elisabeth bereits seine Gefangene. Der Mann machte bis auf seine Schrullen immer einen ganz normalen Eindruck. Was man bei Männern so normal nennen kann.«

»Das dachte man von Hitler anfänglich auch, der will doch nur Politik spielen. Alle Menschen machen einen ganz normalen Eindruck, besonders die Bösartigsten.«

»Das wissen wir alle«, fügt Frau Maier an. »Und trotzdem fallen wir immer wieder auf die freundlichen Gesichter herein. Und wo haben sie Elisabeth dann gefunden?«

»Faist hatte in seinem Keller so eine Art Mausoleum oder Gedenkstätte für Elisabeth und noch drei weitere Frauen eingerichtet. Er hat seine Opfer offenbar noch über Jahre immer wieder aufgesucht.«

»Das hatte ihn angemacht!«

»Scheint so!«

»Ich muss das jetzt erst mal alles verdauen, wissen Sie. Ich habe noch nichts gegessen und Sie wahrscheinlich auch noch nicht. Aber jetzt würde ich sowieso keinen Bissen runterkriegen. Würden Sie mit mir zusammen ein paar Schritte gehen, wir können ja dann später, wenn sich mein Magen wieder beruhigt hat, etwas zusammen essen. Wenn Ihnen das recht ist, Herr Brettschneider? Das Leben geht ja weiter, wie man so sagt.«

»So sehe ich das auch. Laufen wir ein Stück, das wird uns beiden gut tun.«

17

Gemächlich flanieren Samuel und Frau Maier die Königstraße hinunter. Er trägt höflichkeitshalber die Einkaufstüte mit Paulas neuem schwarzen Kostüm. So gehen sie bis zum Ende der Straße, um einen Blick auf die Baustelle des Hauptbahnhofes zu werfen, dem seit Jahren umkämpften Zankapfel von Bahn und Regierung einerseits und besorgten Bürgern andererseits.

Stuttgart ist nicht gerade mit herausragenden Bauwerken gesegnet. Es gibt kaum ein Bild, das die Menschen von außerhalb der Landesgrenzen mit Stuttgart in Verbindung bringen können. Kein Kölner Dom und auch kein Straßburger Münster. Kein Eifelturm, geschweige denn ein Karlsruher Schloss. Für Samuel war die Bahnhofsfront mit den beiden Türmen eines der wenigen Wahrzeichen der Stadt. Nun hat man die Ansicht des Gebäudekomplexes einseitig kastriert.

»Das Geschäftemachen geht offensichtlich vor«, sagt Samuel, »schade drum, das hätte man eleganter lösen können.«

»Ja leider«, erwiderte Frau Maier. »Wenn ich mich jetzt noch fünf Minuten lang über diesen Anblick ärgern muss, dann vergeht mir der Hunger wieder. Kommen Sie, wir suchen uns jetzt ein nettes Plätzchen, um das Mittagessen nachzuholen.«

»Prima Idee, kehren wir um.«

»Was geschieht nun mit Elisabeths Überresten? Außer ihren Eltern hatte sie ja sonst keine Angehörigen, und die sind längst gestorben.«

»Man wird sie irgendwie anonym beerdigen.«

»Was glauben Sie, Herr Brettschneider, könnte ich mich darum kümmern. Ich würde das für Elisabeth wirklich gerne tun.«

»Ich denke, das wird schon gehen. Wir werden uns kundig machen müssen. Sie sind immerhin die Person, zu der Elisabeth zuletzt noch eine enge Beziehung hatte. Gehen wir essen, sonst gibt's womöglich nichts mehr. Irgendwann machen die Küchen ja bis zum Abend zu.«

»Ich kenne da einen ganz guten Griechen, klein aber fein. Kommen Sie.«

Am Abend klingelt Samuel bei seinem alten Freund Charlie an dessen Haustüre, einfach auf Verdacht. Samuel weiß ja nicht, ob Karl Reinert an diesem Abend zu Hause ist. Ihn zu besuchen, kam Samuel spontan in den Sinn. Er ist.

»Ich habe zwar zu tun, aber das kann warten, Sammy, komm rein.«

»Hallo Linda! Wegen mir musst du nicht gehen«, sagte Samuel zu Charlies Tochter, obwohl offensichtlich ist, dass sie gerade dabei ist, das Haus zu verlassen. Sie trägt eine Handtasche, die frappierend gut mit ihrem hübschen Mantel kontrastiert, so perfekt, dass es sogar einem Samuel auffallen muss.

»Einen hübschen Mantel hast du da an Linda.«

»Danke, Onkel Sammy, das ist nett von dir. Ich muss leider gehen jetzt, die Kinder! Also Tschüss, Onkel Sammy!«

»Ade Linda«, ruft Charlie hinter seiner Tochter her.

»Sie ist jetzt fast dreißig, verheiratet, ist mit zwei Kindern gesegnet und sagt immer noch Onkel zu mir?«

»Einunddreißig!«

»Wie?«

»Einunddreißig ist sie schon! Gell, wie die Zeit doch vergeht. Sie wird dich auch noch in dreißig Jahren Onkel nennen. Du hast sie einfach zu sehr verwöhnt und in ihrer rebellischen Zeit zu oft in Schutz genommen. Also sag, was führt dich in meine einfache Behausung?«

»Ich habe sie gefunden!«

»Wen, die wahre Liebe? Die gibt's nur im Kino! Ich bin da gewissermaßen vom Fach, wie du weißt.«

»Nein, nein, Quatsch. Ich habe die Elisabeth Behringer gefunden.«

»Das ist ja ein Ding, Sammy, da hätte ich jetzt gar nicht mehr drauf gewettet. Und das dann auch noch außer Dienst, ich staune.«

»Ich hatte es ja selber kaum noch für möglich gehalten, den Fall zu einem Abschluss zubringen.«

»Trotzdem, alle Achtung! Nach so langer Zeit. Ich verstehe sowieso nicht, warum die Polizei immer so lange Zeit benötigt, einen Mordfall zu lösen. Im Fernsehen dauert das immer genau einundhalb Stunden. Ich mache uns erst mal Tee und dann erzählst du mir die ganze Geschichte.«

»Die TV-Bullen fahren ja auch immer mit den neuesten BMW, Audi und S-Klasse Modellen durch die Handlung«, ruft ihm Samuel in die Küche hinterher. »Und ich muss zusehen, wie ich meinen alten Opel wieder durch den TÜV bringe.«

Charlie kocht Tee und Samuel erzählt ihm die ganze Geschichte. Eine Stunde später war der Tee kalt und alternativ eine Flasche Wein geleert.

»Das war ja ein richtiger Krimi, Sammy. Das Thema könnte man glatt verfilmen oder so irgendwie.«

»Gute Idee, dann mach mal! Du bist der Filmfreak von uns beiden. Du könntest mich aber trotzdem jetzt erst einmal aufklären, was es mit diesen Splatter-Sachen auf sich hat.«

»Das mache ich in zwei Sätzen. Offiziell handelt es sich dabei um blutrünstige Horrormovies. Nun gibt es aber einflussreiche Leute mit Geld, die sich mit Hollywoodkettensägenmörderkinofilmen nicht zufrieden geben wollen. Diese Leute kaufen für viel Geld vom Gangster ihres Vertrauens Filmaufnahmen von echten Tötungen. Daran geilen sie sich dann auf. Weil sich die Wichser ihre Finger selber nicht schmutzig oder blutig machen wollen, ordern sie das Material im Geheimen und anonym von Verbrechern, denen ein Menschenleben ohnehin nichts bedeutet. Meist sind es dieselben, die auch mit Menschen, mit Kokain oder Waffen handeln.«

»Da geilen sich Leute an speziellen Tötungsaktionen auf, ziemlich brutal. Anderseits weiß ich ja von Berufs wegen, dass schon mal wegen fünf Euro oder einer nichtigen Beleidigung gemordet wird.«

»Tja, da ist unsereiner sprachlos. Da steckt noch viel tierisches Verhalten, gepaart mit perverser, ausschweifender Fantasie im menschlichen Verhalten drin.«

»Sieht so aus! Und ich bin unversehens, zum Ende meiner Polizistenlaufbahn, in so eine Splatter-Szene hineingestolpert. Kein schöner Abschluss. Aber das hilft mir auch, dass ich endlich mit meinem Arbeitsleben abschließe.«

»Recht hast du. Hör auf und lass zukünftig die Jungen im Dreck wühlen. Du bist zu alt, um die Welt zu retten, überlass das lieber mal dem Bruce Willis. Der macht den Job gut und professionell und voraussichtlich auch noch, wenn er jenseits der achtzig ist. So, lass uns jetzt das Thema für eine Weile vergessen. Du warst, so wie ich dich kenne, seit einer Ewigkeit nicht mehr im Kino. Was hältst du davon, wenn wir wieder mal ins Kino gehen?«

»Was wird denn gezeigt?«

»Der neue Bond.«

»Ach ja, genau, das hat mir die Juliane auch erzählt. Die Mädels wollten sich den Film auch ansehen.«

»Juliane?«

»Juliane Kleinert, die Gefangene von diesem Harris. Das habe ich dir doch gerade erzählt.«

»Jaja, weiß schon. Das war die, die du dem Monster aus den Klauen gerissen hast«, antwortet Charlie mit leichter Übertreibung.

»Ja, so ungefähr.«

»Also, schauen wir uns den Bond an?«

»Warum nicht?«

»Richtig, warum nicht. Der Bond ist ja auch so ein Weltretter. Quasi dein Kollege.«

»Ich bewundere deine Realitätsauffassungsgabe Charlie. Also gut, breitgeschlagen. Dann ist heute Kino angesagt.«

3. Oktober

Der nebelverhangene Vormittag passt sich wie selbstverständlich Paulas und Samuels Stimmung an. Sehr freundlich vom Lieben Gott, für entsprechende Ambiance zu sorgen. Der konfessionslose Prediger ruft den Anwesenden in Erinnerung, was die ohnehin wissen. Jedoch jetzt und hier dringen diese Worte tiefer ein und erzeugen Mitgefühl und Trauer für die Tote. Er spricht davon, dass Elisabeth ihr aufblühendes Leben viel zu früh genommen wurde. Dass Elisabeth, nach langer Dunkelheit, nun in geweihter Erde endlich ihre Ruhe finden wird. Die sporadisch je nach Bedarf einbestellten Sargträger lassen Elisabeth Behringers Überreste langsam in die Erde sinken. Dann treten sie zurück und postieren sich im Hintergrund.

Paula Maier ist sichtlich Bewegt und greift haltsuchend nach Samuels Hand, lehnt sich leicht an ihn an. Am Ende der kleinen Andacht, wirft Paula ihren bunten Strauß zu Elisabeth hinunter. Sie bedankt sich für die wohl gewählten Worte bei dem Prediger, dann verlassen Paula und Samuel Arm in Arm den Friedhof. Sie werden in Freundschaft verbunden bleiben. Elisabeths Name wird von nun an nie mehr ausgesprochen werden. Eine Art unausgesprochene Übereinkunft. Wie schon erwähnt, das Leben muss ja weitergehen.

TEIL 2

DIE QUITTUNG

1

Seraphim & Cherubim

Elena Downey spricht einmal mehr mit Seraph, dem Lichtengel, den außer ihr sonst niemand sehen kann. Seraph schwebt über ihr, dort wo die Strahlen der Sonne durch das hohe, bunte Fenster der Kapelle brechen. Auf der anderen Seite, der unerschütterliche Cherub, der ihr Paradies bewacht, wo immer sich dieses auch befinden mag.

Peyton Downey kann ihr nichts mehr anhaben. Elena hat sich seiner Dominanz entwunden. Ihr Ehemann hat keinen Zutritt mehr zu ihrem Leben. Ein Leben, das sich nicht fassbar, in einer unendlichen Nichtigkeit, zwischen ihren Hirnzellen und deren Neuronen und Synapsen abspielt. Ein Erleben, das sich in nichts von dem ihres Ehemannes unterscheidet, mit dem winzigen Unterschied, dass sich Peyton Downeys Erleben in dem, aus der Energie des Nichts des Universums manifestierter Materie abspielt. Nichts weiter als ein anderer Zustand derselben Sache. Das Sein in seiner Unfassbarkeit.

Möglicherweise war Mani, der babylonische Religionsstifter, der Erste, der die beliebige Austauschbarkeit von Geist, Energie und Materie erkannte und das seinen Babyloniern näher zubringen suchte. Bis heute mit mäßigem Erfolg. Der Mensch glaubt immer noch entweder an das, was er sieht, oder an das, was er glaubt. Das ist bei dem Grobschmied, der die Energie mit seinem Hammer in das glühende Metall hineindrischt so wie auch beim Priester, dem es schwer fällt, hinter die Erkenntnisse der Physik und der universellen Zustände zu blicken. Glauben und Fassbares zu vereinen gelingt weder dem einen, noch dem anderen.

All so gehen die beliebigen Darstellungen himmlischer Mächte und Herrscher einem lächerlichen Ende entgegen. Trotz allem mit mehr Zuspruch als je zuvor. Man gehe hundert Jahre zurück und stelle sich vor, wie ein himmlischer Herrscher in seinem imaginären Wolkenreich im weißen Nachtgewand die Harfe zupft und rund um die Uhr über dem gesamten Globus Milliarden Menschen überwacht und in einem Buche niederschreibt, was ein jeder gerade so Gutes oder Böses tut. So etwas schaffen allenfalls die US-amerikanischen Überwachungs- und Nachrichtendienste. Die neuen irdischen Götter also, mächtiger als alle Götter zuvor und daher nicht umsonst in einer Cloud zu Hause.

Nun gut, hin oder her. Wir alle, Priester und Massenmörder, Baum und Stein, alle und alles ist Geist und Gott. Wir sind Gott. Das haben schon die amerikanischen Ureinwohner gewusst, die den Geist in allen Dingen, die uns umgeben und in uns selbst manifestiert sahen. Doch nun, Wahn und Witz beiseite.

Peyton Downey in seiner realen Irrealität oder in seiner irrealen Realität ... nein, Quatsch, nochmals auf Anfang! Peyton Downey tobt. Diese dämlichen Kretins waren nicht fähig, diese teuflische Kopie der Linsey Blair den Flammen zu übergeben. Wie konnte das passieren? Die Männer hatten doch exakte Anweisungen, mussten sie nur befolgen und mehr nicht.

»Verfluchte Scheiße«, Downey schrie seinen Ärger geradezu heraus. Am liebsten würde er sie alle erschießen und im Potomac oder im Susquehanna River versenken. Das ist ja gerade das Elend mit den staatlich nicht autorisierten Geschäften und Unternehmungen. Man kann die Leute nicht einfach entlassen oder rausschmeißen. Sind sie erst mal aus dem Unternehmen raus, könnten sie so ziemlich alles ausplaudern. Man verliert jegliche Kontrolle über die Leute. Unternehmern wie Downey bleibt kaum eine andere Wahl, als Abtrünnige zu eliminieren.

Peytons Blick fällt auf Elena, die das alles nicht kümmert. Peyton kann brüllen oder toben, Elena trägt stets denselben, entrückten Gesichtsausdruck zur Schau. Angewidert wendet er den Blick von ihr, zum Familienaltar hin. Ihr Anblick macht ihn noch wütender, aber zugleich fängt er an nachzudenken. Habe ich die Zeichen falsch, wie heißt das Wort ... interpretiert? Ist Gott nun sauer? Hatte er die Teufelin, Linsey Blair, auf seiner Liste und nicht dieses Duplikat, das ihm sein Handlanger Tom Slater geliefert hatte? Verdammte Scheiße, das ist es. Verzeih mir, Oh Herr! Ich werde das wieder gutmachen. Zum Glück ist ja nichts weiter passiert. Das siehst du doch auch so? Ich verspreche dir, dass ich diese Sache nun persönlich beenden werde.

Da sich sein Gott wie üblich nicht verbal direkt an ihn wendet, wartet Downey auf ein Zeichen. Als gleich darauf Elena die Familienkapelle verlässt, weiß Downey Bescheid. Der Abgang Elenas bedeutet, die Audienz ist beendet. Jetzt muss er Taten folgen lassen.

Peyton Downey hat sich seit vielen Jahren die Hände nicht mehr selber schmutzig gemacht. Jetzt hat er keine Wahl, er hat ein Versprechen abgegeben und dieses Versprechen gedenkt er einzuhalten. Peyton Downey greift zum Telefon und bucht für den kommenden Tag einen Flug nach L.A. Kalifornien.

2

Los Angeles, die Stadt der Engel, Elena würde mit »ihren Engeln« in dieser Stadt kaum auffallen. Für Peyton ist L.A. die Heimat aller Beknackten Amerikas.

Er hat im Best Western Sunset Plaza am Sunset Boulevard ein Zimmer gebucht. Das erregt die geringste Aufmerksamkeit, so glaubt er. Im Grunde hat er nichts zu befürchten. Sollten aber Fragen bezüglich seiner Person auftauchen, ist man in der unauffälligen Mittelklasse stets gut positioniert. Außerdem wird ihm hier kaum einer seiner Geschäftspartner oder andere Bekannten aus Wirtschaft oder Politik zufällig über den Weg laufen. Normalerweise steigt ein Industrieller seines Kalibers in höheren Kategorien ab. In diesem speziellen Fall aber gilt es sorgfältig abzuwägen. Peyton Downey ist schlau genug, immer schon im Vorfeld mögliche Risiken zu begrenzen. Wäre er sonst mit seinen Unternehmungen so weit gekommen? Wohl nicht!

Peyton will als Erstes unauffällig Erkundigungen einholen und sich ein Bild davon machen, wie er an die Frau herankommt, wo sie wohnt oder in welchem Restaurant sie sich zu ernähren pflegt. Für einen Augenblick hegt er den Gedanken, der Linsey Blair überraschenderweise zu begegnen und ihr aus alter Freundschaft, wie »abwegig«, einen Werbevertrag vorzuschlagen oder anzubieten. Er verwirft den Gedanken aber sofort wieder. Mit einem Pornostar zu werben, das funktioniert mit ziemlicher Sicherheit in Europa, aber keinesfalls in den Staaten. Peyton erinnert sich, dass die Blair vor der Kamera so ziemlich alles macht oder mit sich machen lässt, was die perfekte amerikanische Hausfrau als absolut widerwärtig empfindet. Die puritanische Mittelschicht hat aber nun mal die Kaufkraft und die sollte man keinesfalls gegen sich und seine Produkte aufbringen. So bleibt wohl nur die klassische Methode, Entführung und Gewalt.

Diese Linsey ist schon ein Herzchen. Wenn´s privat um einen schnellen, freundschaftlichen Fick geht, ziert sich die Frau und macht auf unschuldige Klosterschülerin. Aber auf dem jährlichen Event, den Downey für Geschäftspartner und Prominente Größen aus Sport und Politik veranstaltet, hatte sie sich so richtig die Kante gegeben. Die Frau war, vorsichtig ausgedrückt, leicht besoffen. Nun hätte man meinen können, eine alkoholisierte Linsey wäre bereit gewesen, sich mit Gastgeber Peyton vorübergehend auf einen netten Fick einzulassen. Weit gefehlt, das muss man ihr lassen, Linsey Blair hielt sogar halb besoffen noch an ihren Prinzipien fest.

Vermutlich hatte ihr die Mutter das herumhuren strengstens verboten. Dabei hatte sie wohl versäumt und außer Acht gelassen, die junge Linsey vor den Schrecken des Alkoholgenusses zu warnen. Trotz allem, ein wohlerzogenes Kind. Okay. Das ist jetzt egal. Peyton hat eine Mission und das hat Vorrang.

3

An jenem Dienstag, an dem Peyton Downey begann, seine Pläne in die Tat umzusetzen, hat Dwight A. James nur wenig Kundschaft in seinem Gemischtwarengeschäft. Er nutzt diesen Umstand, um die Warenbestände in seinem Store einem Check-up zu unterziehen, Fehlbestände zu notieren und Waren, die gut laufen und regelmäßig nachgefragt werden, nachzubestellen.

Eine Glocke gibt Laut, wenn ein Kunde seinen Laden betritt. Dwight hat eine bunt gemischte Kundschaft, Poolreiniger, Heimwerker, Hobbysegler und einen Peyton Downey, der unverhofft und allein in seinem Laden steht. Beim Anblick Downeys gefrieren Dwights Gesichtszüge einen Augenblick lang zu Eis, dann hat er sich wieder gefangen.

»Ich benötige ein paar Dinge«, sagt Downey, er hält einen Zettel, offenbar eine Liste dieser Dinge, in seiner Hand.

Dwights Gedanken überschlagen sich. Was will der Kerl hier in seinem Laden? Er ist es, zwanzig Jahre älter zwar, aber ganz ohne Zweifel, das ist Downey. Was zum Teufel will der hier?

»Okay, dann lassen Sie mal hören«, sagte Dwight zu Downey, so unbeteiligt, wie es ihm unter diesen Umständen nur möglich war.

»Ähm, Kabelbinder ... so in der Länge ungefähr und Seile aus dem Seglerbedarf!«

»So etwas?«

»Ja, die werden gehen. Und einen Seesack, so einen, wie ihn die Jungs früher bei der Marine hatten, Sie wissen schon!«

Downey zählt noch verschiedene Werkzeuge und Gegenstände auf, die für die Jagd oder einen Segeltörn von Nutzen sein könnten. Dwight tippte auf Jagt ... und auf einen bösen Zweck. Dabei denkt er, das Schwein erkennt mich nicht, er fixiert Downey aus den Augenwinkeln heraus. Wie sollte er auch? Dwight sieht aus wie ein Handwerker mit Jeans, kariertem Flanellhemd und nicht mal mehr halb so vielen Haaren wie damals.

Er bringt die Waren nach draußen und stellt sie neben dem Ford SUV mit geschlossener Karosserie ab, auf den Downey deutet. Dann geht er zurück in seinen Laden, schließt ihn ab und wendet das Open-Schild an der Ladentüre um auf Closed. Dwight verlässt seinen Laden durch die Hintertür und startet seinen Pick-up. Er will schnellstens die Verfolgung Downeys aufnehmen.

Dwight behält den schwarzen SUV im Blick, lässt aber stets einige Wagenlängen Abstand zwischen seinem und Downeys Wagen. Nach einiger Zeit gemächlichem Dahingleiten biegt der schwere Wagen in den Sunset Boulevard ab und fährt geradewegs bis zum Best Western. Dwight stellt seinen Pick-up ab, um erst einmal abzuwarten. Zeit, sich einige Dosen Coke und Donuts zu besorgen.

Nach dreißig Minuten erscheint Downeys schwarzer Wagen wieder im Blickfeld und Dwight nimmt erneut die Verfolgung auf. Downey hält an der nächsten Tankstelle an, um einen Benzinkanister zu kaufen und auch gleich zu befüllen. Dann fährt er weiter, lässt Down Town L.A. hinter sich und steuert auf den Highway 1 nach Norden.

Rückblende

Dwight A. James trug nicht immer Jeans und Flanell. Bis vor ungefähr zwanzig Jahren war er Inhaber einer kleinen, aber gut aufgestellten Firma für Hightech. Bauteile, die in vielen Fertigprodukten zum Einbau kamen und auf die kaum ein Unternehmen verzichten konnte oder wollte.

Downey machte ihm damals ein lächerliches Angebot für sein Unternehmen. D. A. James lehnte ab, mehrmals. Er konnte nicht ahnen und wollte nicht glauben, wie skrupellos Downey vorgehen würde. Irgendwann hatte dann Downey keine Geduld mehr und fing an, Andeutungen zu machen, wie unsicher das Leben sein kann, wie leicht doch jemand Opfer eines Unfalls werden könne. Nur wenig später kam sein Sohn Bruce bei einem Autounfall ums Leben. Ein Truck fuhr ungebremst über dessen Sportwagen hinweg, zermalmte den Wagen und dessen Insassen bis zur Unkenntlichkeit. Bruce James und dessen Verlobte waren auf der Stelle tot.

Downey und seinen Handlangern konnte nie etwas nachgewiesen werden. Der Fahrer des Trucks sprach von Bremsenversagen, später verschwanden Beweismittel und noch später dann auch der Fahrer auf mysteriöse Weise. Dwight A. James verkaufte, um wenigstens seine Frau und sich weiterhin zu schützen.

In Verbindung mit Dwights Hightech-Unternehmen verzeichneten Downeys Firmen einen ungeahnten Aufschwung, einhergehend mit jahrelangen Kurssteigerungen der Börsennotierungen. Downey war fein raus und James trauert noch bis heute um seinen Sohn, dessen Verlobte und dem ungeborenen Kind.

Zu seiner Ex-Frau hatte Dwight nie wieder Kontakt aufgenommen, denn wenig später war auch seine Ehe am Ende. Seine Frau nahm es ihm übel, dass er, nach ihrer Sicht der Dinge, das Unternehmen über das Leben ihres Sohnes gestellt hatte. Dass Mary Ashley James zuvor auf großem Fuß gelebt hatte und die finanziellen Ressourcen ihres Mannes bis an ihre Grenzen auslotete und ausnutzte, spielte dann für sie keine Rolle mehr. Hätte Dwight vor dem »Unfall« die Firma zu Downeys Konditionen verkauft, wäre sowieso nicht viel übrig geblieben und Mary Ashley James hätte unter diesen Umständen ebenfalls die Trennung von ihm angestrebt. Allerdings unter anderen Voraussetzungen. So wurde Dwight zu einem kleinen Händler für verschiedene Hardwareprodukte im Home- und Hobbybereich. Nochmals eine Ehe einzugehen, dass wollte er sich danach nicht mehr antun.

Fast hätte er übersehen, wie Downey hinter Malibu abbog. Während der Fahrt hat er den Abstand zu dem schwarzen Ford etwas vergrößert. Downey lenkt den Wagen nun ins Hinterland, Richtung West Lake Village. Einige Male hat Dwight Sorge, Downey zu verlieren, aber er wagt es nicht, den Abstand zu verringern. Doch letztlich gelingt es ihm, aus der Ferne zu beobachten, wie Downey vor einem recht großzügigen Cottage seinen Wagen entlädt.

In dieser Gegend befinden sich unterschiedliche verstreute Landhäuser, Jagdhütten oder Cottages. Dwight fragt sich, was Downey ausgerechnet hier und dazu noch allein vorhaben könnte. So oder so, auf jeden Fall wird das Schwein weiterhin beobachtet. Vielleicht ergibt sich eine Situation oder Möglichkeit einer späten Rache, hofft Dwight.

An diesem Punkt seiner Überlegungen angelangt, verlässt Downey, das Schwein, schon wieder das Gelände und fährt alle Wege, die er zuvor gekommen war, wieder zurück. Auch Dwight macht sich auf den Weg, er hat für den Moment genug gesehen. Er würde sich mit allem, was nützlich sein könnte, ausrüsten und das Schwein weiterhin beobachten. Dwight besitzt eine Waffe, die er sich vor Jahren sicherheitshalber besorgt hatte, als sich in seinem Viertel einige Überfälle ereignet hatten. Er hatte sie allerdings nie benutzen müssen. Doch nun wird er die Pistole hervorholen, ihre Funktion überprüfen lassen und wenigstens einige Probeschüsse abgeben. Dwight James hat jetzt ein vages Ziel vor Augen und er wollte gerüstet sein.

4

Peyton hatte sich dafür entschieden, in L.A. möglichst unerkannt zu bleiben. Um Linsey Blair ausfindig zu machen, hat er einen Star Guide engagiert, der mit Downey routiniert seine standardisierte Touristentour abspult.

Peyton lässt das eine Zeit lang über sich ergehen. Dann fragt er den Jungen ganz harmlos, wo denn die Pornostars so wohnen? Was er mit diesem Anliegen für einen Eindruck erweckt, war Peyton egal. Auf den Jungen macht es jedenfalls keinen Eindruck. Der kennt die geilen alten Säcke aus seiner täglichen Praxis und passt sein Programm wunschgemäß an. Die Tour geht nun mehrheitlich in die Richtung der Ausläufer der Innenstadt, in die etwas heruntergekommenen Stadtgebiete.

Als dann Peyton Linseys Wohnadresse in Erfahrung gebracht hat, kühlt sein Interesse an dem weiteren Tourverlauf merklich ab. Kurz darauf drückt er dem Star Guide Typen einige Scheine in die Hand. Er hat nun leider keine Zeit mehr, er wird dann im Taxi zurückfahren. Bye-bye! Downey ist nun schon sichtlich besser gelaunt, nichts ahnend, dass ihnen die ganze Zeit über der Pick-up eines kleinen Hardwareladeninhabers in sicherem Abstand gefolgt war.

Dwight muss vorsichtig sein. Auch wenn Downey von seiner Existenz nichts ahnen kann, noch nichts ahnen kann, will Dwight diesen unglaublichen Zufall, der das Schwein in seinen Laden geführt hatte, nicht wegen irgendeiner Unachtsamkeit vermasseln. Eines jedoch kann er sich leicht ausrechnen. Downey ist einem Hollywoodstar auf den Fersen, und das bedeutet für denjenigen sicher nichts Gutes. Dwight wird das Schwein also weiterhin beobachten. Immerhin hat er genügend Kriminalfilme und TV-Thriller gesehen, um zu wissen, wie so etwas läuft.

Entspannt lehnt sich Peyton in seinem Hotelzimmer zurück,

er ist mit sich zufrieden, die Sache entwickelt sich, ganz wie geplant. Jetzt gilt es nur noch Linsey in die Finger zukriegen.

Das Studio, an das die Blair derzeit ihr schauspielerisches Talent verschwendet, befindet sich in einem gemischten Viertel. Einfache Wohngegend, alte Industriegebäude. In einem ehemaligen Nähsaal haben die Amorella-Filmstudios ihre Produktionsstätten etabliert. Da wo einst hunderte Frauen T-Shirts und Shorts zusammennähten, bevor die gesamte Produktion nach Asien ausgelagert wurde, produzieren sich heute Frauen wie Linsey vor den Kameras. Schnelle, billige Produktionen. Ein einfaches aber klares Konzept. Eine nackte Frau oder mehrere nackte Frauen in Bewegung, werden auf perverse Art und Weise ins Bild gerückt. Wegen dem Text oder einer vermeintlichen Handlung guckt sich so etwas niemand an.

Die meisten Frauen und ihre männlichen Komparsen, sehen das, was sie tun, als Sprungbrett für ihre Karrieren an. Als Übergangslösung für ihren Eintritt in die ganz großen Studios mit ihren Weltproduktionen. Eigentlich gehört Linsey überhaupt nicht hierher, da ist sie sich sicher, und gibt trotzdem alles vor der Kamera.

Peyton hält sich nun auffallend oft in einem Dinner auf der gegenüberliegenden Straßenseite auf. Er studiert Linseys Tagesabläufe. Er findet bald heraus, dass die Frau sich nicht die Nächte um die Ohren schlägt, sondern sich immer recht früh in ihre Wohnung zurückzieht. Linsey Blair ernährt sich gesund, schläft regelmäßig das notwendige Quantum und ist Mitglied in einem Fitnessstudio. Offenbar strebt die Frau die höhere Filmkunst an, möchte sich weiter oben in den bekannteren Studios etablieren. So abwegig ist das nicht, denn nicht wenige der ganz Großen haben irgendwann einmal in schmuddeligen Sexfilmen ihre Karriere gestartet.

Downey beordert die beiden Luschen Martin Bay und Vince Howard zu sich nach L.A. Sie sollen die Kleine in ihrem Zweizimmerübergangswohnheim überwältigen und ins Cottage rausbringen.

Downey kann sich gar nicht mehr daran erinnern, wann er zum letzten Mal in dem Cottage war, das seiner Familie schon seit so vielen Jahren gehört. Peyton denkt an diese Zeiten zurück, es waren die Kinder, die ihn damals so lange genervt hatten, bis er nachgab und die bessere Hütte kaufte. Sarah und Mark waren es dann auch, die über die Jahre das Haus regelmäßig für ihre Zwecke nutzten.

Bay und Howard werden gleich nach ihrer Ankunft im Best Western von Downey mit den Umständen vertraut gemacht. Linsey Blairs tägliches Bewegungsprofil, ihre Wohnung und den Weg bis raus zum Cottage fahren die drei minutiös ab. Am Cottage übergibt Downey ihnen dann die Gegenstände, die sie für die Entführung benötigten. Seile, einen Knebel aus dem Erotikshop. Die junge, hübsche Kassiererin gab Peyton nicht nur den Kassenbon mit auf den Weg. Sie bedachte ihn auch mit dem wissenden Blick, na Alterchen, du willst es mit Mutti wohl noch mal so richtig krachen lassen. Egal, Peyton gibt weder etwas auf wissende Blicke, noch auf das, was andere denken. Er drückt seinen beiden Handlangern zum Schluss noch den Seesack in die Hände.

»In dem werdet ihr die verschnürte Linsey hier draußen dann abliefern. Sorgt dafür, dass sie genügend Luft bekommt. Ich brauche sie lebendig!«, trichterte er den beiden nachdrücklich ein.

5

Martin Bay streicht missmutig über das Lenkrad des Toyota Prius.

»Hätte nie gedacht, dass ich jemals in so eine Ökokarre einsteigen würde, das ist doch total unamerikanisch, Vince. Alles ändert sich. Was ist nur mit dieser Nation los, und was ist mit dem Boss los? Kannst du mir das vielleicht mal erklären? Was will der mit dieser Linsey Blair? Erst diese Puppe in Germany und jetzt die hier in L.A.«

»Weiß nicht«, antwortete Vince knapp.

»Und dann diese Visagen der beiden. Die eine sieht aus wie die andere.«

»Ich weiß nicht was das soll, und ich will es auch gar nicht wissen.«

»Du weißt doch nie was.«

Vince blickt auf die andere Straßenseite hinüber.

»Halt endlich die Klappe! Wir machen den Job und alles andere interessiert mich nicht. Da oben ist schon seit einer Stunde kein Licht mehr in der Wohnung, wir gehen jetzt rein.«

»Ist das nicht zu früh?« Martin Bay blickt auf seine Uhr, ein Uhr!

»Ich habe keine Lust noch länger zu warten. Wir bringen´s jetzt hinter uns. Noch später ist auf den Straßen dann kaum noch Verkehr, da steigt die Gefahr, kontrolliert zu werden. Ich habe keine Lust, schon wieder auf Uniformierte schießen zu müssen. Fahr rüber und stell den Wagen dort im Lichtschatten ab.«

»Pah!«, machte Martin, »Wagen!«

Vince drückte einige Klingelknöpfe. In so einer Gegend nicht ungewöhnlich. Auf das wütende Stimmengewirr aus der Gegensprechanlage antwortete er, wie ein leicht bekiffter Typ mit »Hey Morty, bist du´s?«. Besoffenes Arschloch war noch das netteste, was an Freundlichkeiten von oben runterkam. Aber irgendein

Hausbewohner betätigt fast immer den Türöffner. Irgendjemand wartet immer auf den besoffenen Ehemann oder den aktuellen Liebhaber, in dieser Gegend auch Stecher genannt.

Sie betreten das Haus, ganz so, als wären sie hier zu Hause. Der schwierige Teil liegt aber noch vor ihnen. Martin muss die Tür des Apartments schnell und geräuschlos öffnen. Vince hält so lange den Türspion der gegenüberliegenden Wohnung bedeckt. Wenn sie erst mal drinnen sind, ist dann alles nur noch Routine. Immer wieder erstaunlich, wie sorgenfrei die Menschen sind, wo doch jeder weiß, wie schlecht die Welt ist.

Auch diese Linsey Blair hält es offenbar nicht für nötig, den Zutritt zu ihrem Apartment irgendwie zusätzlich zu sichern. Gerade als Pornodarstellerin ist sie doch für Storker und aufdringliche Fans der härteren Art, die gerne mal bei ihrem Idol eindringen würden, ein geradezu ideales Objekt.

Martin Bay und Vince Howard stehen links und rechts des Bettes und schauen der Frau eine halbe Minute lang beim Schlafen zu. Gleichmäßig heben und senken sich die beiden Aufwölbungen des dünnen Bettlakens. Vielleicht die allerletzte entspannte halbe Minute in ihrem Leben. Interessant auch, wie sich ihre strammen Nippel erfolgreich gegen das Laken stemmen. Das wird es wohl sein, was ein gefragtes Pornoflittchen ausmacht, harte Nippel.

Nun denn! Martin zieht mit einem Ruck das Laken von der Frau herunter und legt seine andere Hand über ihre Lippen. Dass die Blair komplett nackt schläft, stört die beiden Gangster im Moment nicht wirklich. Vince greift nach Linseys Handgelenken und zwingt sie unter ihren Rücken. Martin macht die Nachttischlampe an, legt dann den ausgestreckten Zeigefinger vor seine Lippen, macht »Psst« und sagt zur Bekräftigung, »Klappe halten!«, während er dabei Linsey streng in die ungläubigen Augen schaut. Er zieht die Frau hoch in eine sitzende Position, so hat es Vince leichter, die Arme hinter ihrem Rücken zusammen zu fesseln.

Linsey öffnet den Mund, will losschreien, darauf hat Martin gewartet. Er schiebt ihr den Knebelball zwischen die Zähne und schnallt die Riemen hinter ihrem Kopf zusammen. Das alles dauerte nur wenige Augenblicke. Linsey ist jetzt erst richtig zu sich gekommen und vollkommen wach. Das ist kein Traum von ihrer täglichen Arbeit, sondern Realität. Erneut will sie schreien, aber da kommt nur ein unverständliches »Mmpf« und etwas Speichel aus ihrem Mund. Erst jetzt kapiert sie richtig, in was für einer Situation sie sich befindet, und wie von selbst entleert sich ihre Blase. Vince findet das richtig gut. So pisst sie uns nachher schon nicht ins Auto. Vince ist nun mal der Pragmatischere von den beiden.

»Pack auch ein paar von ihren Klamotten mit ein, wir wissen ja nicht, was der Alte mit der Frau noch vorhat.«

Zusammengeklappt wie ein Schweizer Taschenmesser verschnüren sie Linsey wie ein Päckchen und stecken sie mitsamt den zusammengerafften Kleidungsstücken aus ihrer Kommode in den Seesack.

Martin, der stärkere von den beiden Gangstern, hängt sich die Frau im Sack ganz selbstverständlich über die Schulter. Gewohnte Rollenverteilung. Martin ist der Macher, Vince leistet Überzeugungsarbeit mit Messer und Fünfundvierziger. Er ist der Böse.

Nach gerade Mal anderthalb Minuten war Linsey transportfertig. Nun verlassen sie das Haus, ganz so, wie sie es betreten hatten, so als wären sie hier zu Hause. Vince Howard und Martin Bay rollen dann mit dem unauffälligen Prius über den High Way 1 in Richtung Norden. Sie schwimmen im laufenden Verkehr mit, wie man das so schön sagt.

Wer in Los Angeles glaubt, Umweltbewusstsein demonstrieren zu müssen, der fährt Toyota Prius und tut damit Gutes. Dieser Gedanke ist allerdings reiner Blödsinn. Unter dem Strich, in der sogenannten Ökobilanz, macht der Prius genau so viel Mist wie jedes andere Pferd auch.

Hinter Malibu biegen sie dann ab, Richtung West Lake Village, dann weiter bis vor das Cottage und liefern ihr Paket ab. Unspektakuläre, erfolgreiche Zustellung, keinen Ärger mit dem Boss. Vince und Martin haben´s drauf. Jedenfalls ist das die Meinung, die die Gewohnheitsverbrecher auf Downeys Lohnliste von sich selber haben.

Downey macht eine auffordernde Kopfbewegung in Richtung der Lieferung. Vince öffnet den Seesack und Downey wirft einen Blick auf Linsey Blair.

»Okay Männer, damit ist euer Job beendet. Ihr könnt euch verpfeifen. Ihr gebt den Wagen zurück und nehmt den nächsten Flug zurück an die Ostküste.«

Dwight James hat im Grunde kein Konzept, wie auch, war das Zusammentreffen mit seinem ärgsten Feind doch mehr als eine Überraschung für ihn gewesen. So hatte er sich zuerst einmal auf das Beobachten verlegt. Dwight weiß aber auch, dass er allein so gut wie nichts ausrichten kann. Downey rund um die Uhr zu überwachen oder etwas gegen ihn zu unternehmen, das wird er allein nicht schaffen.

Die Polizei einzuschalten ist auch keine Option, denn was soll er den Beamten erzählen, was soll er Downey vorwerfen. Er hat nichts in der Hand. Dwight musste diese Erfahrung vor zwanzig Jahren schon einmal schmerzlich durchleiden. Geld regiert und bekommt am Ende Recht.

Als dann Downeys Handlanger eintrafen, musste sich Dwight etwas überlegen, er brauchte einen Plan. Er entschied sich dafür, seine beiden Kumpels Jefferson und Jimmy einzuweihen und um ihre Hilfe zu bitten. Andere Möglichkeiten hat er ohnehin nicht. Das Drama seines Lebens ist für Jefferson und Jimmy nichts Neues. Sie kennen die Geschichte des Meuchelmordes an Dwights Kindern. Die beiden sehen eine unverhoffte Möglichkeit, sich auf ihre alten Tage nochmals so richtig zu beweisen.

»Ihr müsst euch auf eure alten Tage nichts mehr beweisen,

hört ihr, die Sache könnte gefährlich werden. Ich möchte keinesfalls Schuld daran sein, falls einem von euch irgendetwas zustoßen sollte. Ihr könntet mir aber eine große Hilfe sein, wenn ihr mitmacht, das Schwein und diese Gangstertypen unauffällig zu beschatten.«

»Was soll das denn heißen Mann, ich bin nicht alt!«

»Du bist sechzig, Jimmy.«

»Na und, ich bin voll beweglich, und außerdem werde ich erst im Januar sechzig. Alles Klar!«

»Ja! Ich bitte euch ja nur, zu beobachten und mir per Handy mitzuteilen, wenn sich die Typen bewegen und was sie so treiben.«

»Das ist ja alles ganz schön, was du uns da erzählst. Aber einen Plan hast du nicht, oder wie?«, wirft Jefferson ein. »Den Kerl zu beobachten, das tut dem nicht weh!«

»Weiß ich. Ich hoffe nur auf irgendeine Chance.«

»Klar doch, mach ihn kalt!«, sagt Jimmy ganz cool.

»Darauf wird's wohl hinauslaufen, denke ich, aber ihr beide haltet euch zurück!«

»Aber ein bisschen mitspielen, das dürfen wir dann schon oder? Sonst kannst du auch gleich auf unsere Mithilfe verzichten, stimmt´s Jefferson!«

»Stimmt!«

»Also gut, wir lösen uns gegenseitig ab. Ich glaube, das Schwein hat irgendeine Schweinerei vor, und ich denke, dass das Haus in den Hügeln dabei eine Rolle spielen wird.«

»Du hättest Detektiv werden sollen«, spöttelte Jefferson kameradschaftlich.

»Okay, also dann, hier, hier und hier. Auf der Karte sind die Punkte markiert. Das Best Western Sunset Plaza am Sunset Boulevard. Das Apartmenthaus, in dem wahrscheinlich Downeys Zielperson wohnt, und dann das Haus in den Hügeln, nördlich von Malibu. Die Handybilder von Downey und den beiden Gangstern können wir auch noch gleich auf eure Handys überspielen.«

»Wie gehen wir jetzt vor?«

»Du hast jetzt erst mal Pause. Ich nehme Downey in den Focus und Jimmy hängt sich an die Gangstertypen ran. Okay?«

»Gut, ich kann nicht rund um die Uhr wach bleiben. Ihr ruft mich an, wenn sich etwas tut. Es ist zwar noch hell, aber ich werde mich jetzt trotzdem aufs Ohr legen.«

»Klar, verzieh dich.«

»Mach's gut, schlaf dich aus.«

Irgendwann zwischen ein und zwei Uhr in der Nacht macht Dwights Mobiltelefon diskret auf sich Aufmerksam. Er hatte doch glatt vergessen den Klingelton lauter zu stellen. So vergehen einige Augenblicke bis Dwight verschlafen nach seinem Handy fingert und auf die Gesprächsannahme drückt.

»Mensch! Das hat aber gedauert, wo warst du denn?«

»Im Tiefschlaf«, antwortete Dwight nach zwei orientierungslosen Sekunden.

»Also, jetzt haben wir den Fall, es geht los. Downeys Männer haben sich in das Apartmenthaus gemogelt und sind nur Minuten später mit einem schweren Sack über der Schulter wieder aufgetaucht.« Jetzt weiß auch Dwight wieder, in welchem Film er sich befindet, unterbricht aber Jimmys Redefluss nicht. »Die Fahren im Moment geradewegs stadtauswärts, so wie es aussieht, sind sie auf dem Weg zu dem Cottage. Ich bleib an den Typen dran. Hast du´s?«

»Ja gut, verstanden, ich bin schon unterwegs. Ihr unternehmt erst mal nichts. Okay?«

»Jaja, schon klar!«

Dwight wackelt in seinem Schlafzimmer von links nach rechts und wieder nach links. Er sucht sein Gleichgewicht und kleidet sich nebenbei an. Dann hat er endlich die volle Kontrolle über sich und seinen Verstand wiedergefunden. Jetzt muss er sich aber beeilen.

Auf dem High Way fliest der ganz normale Verkehr, der niemals völlig zum Erliegen kommt. So etwas wie Nachtruhe findet im Großraum Los Angeles allenfalls während der ganz frühen Morgenstunden statt. Als Dwight dann ins Hinterland abbiegt, wird es Meile für Meile schnell ruhiger auf den Straßen.

Er hatte Jefferson und Jimmy den Weg zum Cottage genau beschrieben. Angekommen führt der Weg dann an dem Haus vorbei und macht zirka eine halbe Meile weiter eine 180°-Wende. Nach einer weiteren halben Meile befindet man sich dann etwas oberhalb, genau gegenüber dem Cottage. Dazwischen liegt eine naturbelassene Senke. Eine Ansammlung von verkrüppelten Bäumen und trockenem Buschwerk bietet etwas Deckung für den Ausblick auf Downeys Haus.

Als Dwight ankommt, ist er erst einmal erleichtert, die Fahrzeuge von Jimmy und Jefferson am Wegrand abgestellt vorzufinden. Seine Freunde warten schon in Jimmys Dodge auf ihn. Sie setzen Dwight auch gleich ins Bild, was sich bisher ereignet hatte. Obwohl, viel geschehen ist eigentlich nicht. Downeys Leute hatten den Seesack abgeliefert und sind kurz darauf wieder weggefahren.

»Habt ihr irgendetwas von dem sehen können, was drinnen war in dem Seesack?«

»Schwer zu sagen. Die Kerle haben den Sack direkt ins Haus getragen. Ich hatte den Eindruck, als bewege sich etwas darin. Aber so richtig sicher bin ich mir da natürlich nicht«, sagte Jefferson. »Vielleicht war da ein Kind drin, von wegen Kidnapping. Gerade du kennst ja Downeys Geschäftsmethoden besser als jeder andere.«

»Ja, könnte sein, überlegte Dwight laut. »Dem Kerl trau ich alles zu.«

»Oder eine Frau mit fünfzig Kilogramm Gewicht oder weniger«, fährt Jefferson fort. »Meine Ex hätten die Kerle jedenfalls nicht so leicht weggetragen.«

»Hm«, machte Jimmy und stellte sich Jeffersons vollproportionierte Ex-Ehefrau nochmals bildlich vor. »Nee! Drüben im

Cottage ist immer noch Licht. Würde schon gerne wissen, was da jetzt abgeht?«, meinte Jimmy. »Gehen wir doch mal rüber, nachsehen!«

»Wir warten noch eine Weile«, antwortete Dwight, ganz der vorsichtige Kaufmann. »Blinde Aktionen könnten vielleicht schaden.«

Die Rede erübrigt sich aber sogleich wieder. Die Beleuchtung im Cottage erlischt und Downey erscheint im Türrahmen. Er schaut sichernd nach links und rechts, dann tritt er ins Freie und zieht eine gefesselte und geknebelte Frau hinter sich ins Freie. Was den Männern auffällt, ist ihre wie zufällig zusammengesuchte Bekleidung. Keine vernünftige Frau in L.A. würde so aus dem Haus gehen. Sie wirkt verstört und verängstigt. Downey drückt das Häufchen Elend unsanft in den Kofferraum seines Wagens und fährt los. Weiter ins Hinterland hinein, dahin wo sich Kojote und Puma möglichst aus dem Wege gehen.

»Los jetzt, hinterher!«

Im Sternenschein fahren sie mit Jimmys Dodge und mit gebührendem Abstand hinter Downey her. Immer dann, wenn die Rücklichter des vor ihnen herfahrenden Wagens hinter einer Biegung oder einem Hügel verschwinden, schaltet Jimmy seine Scheinwerfer kurz ein und holt etwas auf. Das geht so drei oder vier Meilen weit, bis das Fahrzeug vor ihnen abbiegt und zum Stehen kommt.

Jimmy schleicht mit leise blubberndem Motor weiter voran, bis ein Gebäude in Sicht kommt. Er stellt sein Auto ab, Sie steigen aus und gehen zu Fuß auf das Haus, nein, auf die Ruine zu. Hier wohnt niemand mehr. Das Anwesen ist irgendwann einmal Opfer der Flammen geworden. Möglich, dass es während einem der Buschbrände geschehen war, die Kalifornien mit schöner Regelmäßigkeit heimsuchen. Danach ist es von seinen Bewohnern offenbar aufgegeben worden.

Die berüchtigten Santa-Ana-Winde bei Santa Barbara begünstigen die Brandgefahr um L.A., Big Sur und entlang dem

Highway 1 enorm. Bei weniger als 30 mm Niederschlag, nicht gefällten, ausgetrockneten Bäumen, trockenem Strauch- und Buschwerk ist speziell im Herbst die Brandgefährdung besonders hoch.

Vom Hauptgebäude ist nicht mehr viel übrig. Aber der angrenzende Schuppen scheint noch relativ intakt zu sein. Downeys Fahrzeug steht daneben. Dwight und seine Kumpels schleichen sich trotz ihres Alters an wie die Indianer. Jedenfalls bemühen sie sich, so gut es eben geht.

Sich geduckt vorwärts zu bewegen ist für alte Männer manches Mal nicht das Gesündeste. In ihrem Alter funktionieren die Magenverschlüsse oft nicht mehr so, wie man es gerne hätte. Wenn Magen und Innereien durch die geduckte Haltung zusammengedrückt werden, gerät schon mal Magensäure nach oben in die Speiseröhre bis in den Rachen und trägt wenig zum Wohlbefinden bei. Da braucht man sich auch nicht zu wundern, wenn alte Männer schon mal leicht sauer werden.

Ein Blick durch das zerborstene Fenster genügt dann auch, um die Männer vollends so richtig Sauer werden zu lassen. Der Schuppen war mal eine Art Werkstatt und Geräteschuppen und soll nun wohl Opferstätte werden. Die etwas unkonventionell bekleidete Frau steht auf einer umgedrehten Kiste, mit hochgereckten Armen. Downey hat ihre zusammengefesselten Handgelenke an einem metallenen Ring an der Decke festgebunden. Ihre Augen sind schreckgeweitet, sie ahnt und kann trotzdem nicht fassen, was Downey mit ihr vorhat. Linsey würde jetzt losschreien, wenn sie könnte. Aber wegen dieser ekeligen Knebelung, kommen nur unverständliche Laute aus ihrem Mund. Sie sieht angstvoll zu, wie Downey mit religiösem Eifer hölzernes Gerümpel um ihre Beine herum zu einem Haufen auftürmt.

Das erkennen auch die drei vor dem Fenster, was das zu bedeuten hat. Downey will die Frau verbrennen, wozu sonst sollte das angehäufte Gerümpel dienen. Und das in einem Bundesstaat, wo Zündeln und Feuer legen strengstens verboten ist. Das Schwein schreckt wirklich vor nichts zurück.

»Wir müssen etwas unternehmen«, dreht sich Jefferson flüsternd zu seinen Freunden um. »Das Schwein fackelt die Frau bei lebendigem Leibe ab. Wer ist das überhaupt?«

»Keine Ahnung ... obwohl, das Gesicht kommt mir irgendwie bekannt vor«, flüsterte Jimmy zurück. »Die habe ich schon mal irgendwo gesehen, vielleicht macht sie Werbung? Weiß nicht!«

Drinnen beginnt Downey inzwischen mit einer improvisierten Opferungszeremonie. Dann zündet er einige zusammengeknüllten Papierfetzen und herumliegende Putzlappen an, die er zwischen das hölzerne Gerümpel schiebt.

»Heilige Scheiße, der zögert keine Sekunde, der lässt tatsächlich nichts anbrennen.«

»Doch, doch, er macht es, der macht ernst.«

Linsey verdreht die Augen in höchster Verzweiflung. Man sieht ihr an, wie sie mehr und mehr in Panik gerät. Hoffnungslos zerrt sie mit ihren Fesseln an dem Deckenhaken.

Downey wirft die letzten Papierreste zwischen das Gerümpel zu Linseys Füßen. Dann hastet er aus dem Schuppen heraus, zum Heck seines Wagens und greift nach dem vollen Reservekanister. Als er sich wieder umwendet, bleibt er einen Augenblick lang wie angewurzelt stehen. Dwight und Jefferson haben sich ihm in den Weg gestellt.

Den beiden ist klar, dass nun nicht die Zeit des guten Zuredens angebrochen ist, jetzt muss gehandelt werden. Das Kräfteverhältnis steht zwei zu eins, das hört sich erst einmal gut an. Andererseits sind Dwight und Jefferson nicht daran gewöhnt, sich mit anderen auf der Straße herumzuschlagen. Für Downey dagegen ist es existenzieller Lebenszweck, alles, was sich ihm in den Weg stellt, zu vernichten.

Für einen kurzen Augenblick ist Peyton irritiert. Warum tauchen diese beiden Gestalten plötzlich hier auf und stellen sich ihm und seiner heiligen Mission in den Weg. Ohne noch weiter zu zögern, greift er Dwight und Jefferson frontal an. Downey sieht in den beiden keine wirklichen Gegner. Wenn er auch schon seit vielen Jahren seine geschäftlichen und persönlichen Differenzen nicht mehr selber regelt, steckt doch noch immer die alte Aggressivität und Verschlagenheit in ihm.

Dwight und Jefferson spüren das sofort. So sicher, wie gedacht, sind die Kräfteverhältnisse aber doch nicht verteilt. Früher hieß es einmal, viele Hunde sind des Hasen Tod. Doch Jefferson und Dwight sind nun mal nur zwei und nicht viele. Und Downey ist auch kein Haken schlagendes Kaninchen, sondern ein Dreckschwein.

Sie schaffen es gerade noch so, das Schwein ein wenig aufzuhalten. Jefferson und Dwight schlagen blindlings zu und stecken ein, klammern, fallen hin und rappeln sich wieder auf. Alles in allem sind all ihre schier aussichtslosen Bemühungen trotzdem äußerst hilfreich. Hilfreich für Jimmy. Sie verschaffen ihm ein Quäntchen Zeit, der Frau im Feuer zu Hilfe zu kommen.

Mit Händen und Füßen zerstreut Jimmy das brandgefährliche Gerümpel. Das kokelt weiter vor sich hin, und es ist nur noch eine Frage der Zeit, bis sich in dem Schuppen ein richtiger, alles verschlingender Brand ausbreiten wird.

6

Downeys Tempel aus Feuer und Flammen

Jimmy sucht verzweifelt nach einem Messer oder etwas Ähnlichem, um diesen verflixten Kabelbinder, mit dem die Arme der Frau hochgebunden sind, durchzuschneiden. Mehr und mehr Rauch bildet sich in dem beengten Raum. Linseys Panik lässt nicht nach. Die Gefahr, lebendig zu verbrennen, ist kaum geringer geworden. Und dann erscheint auch noch Downey im Türrahmen.

Jimmy greift instinktiv nach einer herumliegenden Eisenstange. Wie kann es sein, dass zwei erwachsene Männer nicht in der Lage sind, Downey zu stoppen? Hinter Downey taucht Jefferson auf, umklammert ihn und versucht den Irren zu Boden zu werfen. Jimmy erkennt die größte Gefahr darin, dass Downey den Benzinkanister öffnen und den Inhalt verschütten könnte. Das würde den Schuppen sehr schnell in ein Feuerinferno verwandeln.

Offenbar hat er das auch vor. Downey lässt sich von drei Normalos nicht so ohne Weiteres von seiner Mission abbringen. Er hat einen göttlichen Auftrag, wenn auch nicht schriftlich erteilt und nur in seiner verdrehten Fantasie real. Auf seine Art steht Peyton mental den religiösen Wahnvorstellungen seiner Frau Elena in nichts nach. Downey dreht am Verschluss. Jimmy, der gerade noch mit der Eisenstange auf Downey einschlagen wollte, besinnt sich anders und folgt einem Impuls. Er steigt auf die Kiste, von der aus er schon mehrfach versucht hatte, die Fixierung der Frau von der Schuppendecke zu lösen. Er hatte einfach nichts gefunden, mit dem er in der kurzen Zeit den hartnäckigen Plastikstreifen durchschneiden oder durchsägen könnte.

In dem Augenblick, in dem Downey das Benzin vor sich verschüttete, als er von Jefferson angestoßen zu Boden fällt, schiebt

Jimmy die Eisenstange durch den Stahlring an der Decke. Er benutzt die Stange als Hebel und reißt damit den Ring aus seiner Verankerung. Während Linseys Arme herunterfallen, nimmt Jimmy die völlig verängstigte Frau auf die Arme und schleppt sie durch das gerade aufflammende Feuer nach draußen.

Im Schuppen kommt das Feuer jetzt explosionsartig so richtig in Gang. Man hört Downey in hilfloser Wut brüllen und fluchen, dann husten und keuchen. Am Ende ist nur noch das Prasseln der Flammen, das jedes andere Geräusch erstickt, zu vernehmen.

Downeys göttliche Mission, die vermeintliche Hexe den Flammen zu weihen, ist gescheitert. Peyton Downey kommt in seiner eigenen Opferstätte um. Dwight James hat eine späte Rache für ein Leben, das von Downey und natürlich auch von seiner Ex-Frau gründlich verpfuscht worden war.

Oder doch nicht? Eine Frau, die ihren Mann in seiner schwersten Zeit im Stich lässt, auf die kann man bzw. »Mann« verzichten. Hat er nicht zwei Freunde, die mit ihm durchs Feuer gehen, um einer hilflosen Frau das Leben zu retten? Gibt es doch einen Gott, der am Ende alles irgendwie regelt?

7

Hier draußen haben sie keinen Handyempfang. Die Firefighter zu alarmieren ist im Augenblick also nicht möglich, darum fahren sie sofort los bis zum ersten bewohnten Haus, um die Feuerwehr und die Branddetektive zu benachrichtigen, eine spezielle Truppe des Staates Kalifornien, deren Aufgabe es ist, Brände und Brandgefahren zu verhindern und Ermittlungen durchzuführen. Die Gefahr von Buschbränden verringert sich zum Ende der Saison. Trotz allem muss man in der kalifornischen Küstenlandschaft immer Vorsicht walten lassen, insbesondere während ritueller Hexenverbrennungen.

Während der Fahrt geling es Jimmy endlich, Linseys Hand- und Fußfesseln zu entfernen. Jefferson trägt immer ein Schweizer Messer mit sich herum. In dem handlichen Ding ist eine halbe Werkstatt integriert. Er behauptete stets, sein Leben könnte einmal davon abhängen. Okay, da ist etwas Wahres dran.

Später geben Dwight, Jimmy, Jefferson und Linsey ihre Aussagen zu Protokoll. Dwight hatte beobachtet, wie Downey die gefesselte und geknebelte Linsey Blair in den Kofferraum seines Wagens geworfen hatte. Er vermutete ein Verbrechen, was ja dann auch der Fall war, und alarmierte seine Freunde. Zusammen nahmen sie die Verfolgung auf und verhinderten damit, dass halb Kalifornien ein Raub der Flammen wurde. So oder so ähnlich jedenfalls.

Damit sind alle Beteiligten zufrieden. Linsey, die, knapper geht es nicht, mit dem Leben davongekommen ist und drei neue Freunde fürs Leben gefunden hat. Die Branddetektive, die der Öffentlichkeit einmal mehr ihre Daseinsberechtigung demonstrieren durften. Und natürlich drei Helden im Rentenalter, die gelegentlich mit ihrer jungen hübschen Freundin angeben und alle Zuhörer mächtig verwirren, wenn sie behaupten, Linsey Blair sei die Enkelin von ihnen dreien gemeinsam.

ENDE

Gabrielles ganzes kleines Glück

»Verfluchte Scheiße!«

Peyton fällt direkt in das auslaufende Benzin. Seine Kleidung und alles um ihn herum wird davon durchtränkt. Der Geruch von Benzol breitet sich aus. Das Benzin beginnt augenblicklich zu verdunsten und vermischt sich mit der umgebenden Luft zu einem hochexplosiven Gasgemisch.

Peyton sieht erstaunt, wie ein alter Knacker die Blair vor seinen Augen aus dem Schuppen schleppt. Er wuchtet seine 93 Kilo auf die Knie um dem Hexendieb nachzusetzen. In diesem Moment entzünden sich das Gasgemisch und das ausgelaufene Benzin in einem einzigen, orangeroten Flammenmeer.

Peyton wird's ganz warm ums Herz, als sich heiße Gase ihren Weg in seine Lungen bahnen und er instinktiv nach seiner Mami ruft: »Mami! Mami!« Sie kann ihn nicht hören. Erstens, weil sie so früh normalerweise schon auf dem Weg zu ihrer beschissenen Arbeitsstelle wäre und zweitens, weil Gabrielle Downey schon lange tot ist.

So ist der Junge wieder mal allein Zu Hause. Auf dem Küchentisch stehen Flakes, Milch ist im Kühlschrank. Den Weg zur Schule findet er allein, das ist für den Siebenjährigen längst Routine. Peyton schließt die Wohnungstüre sorgfältig ab. Seinen Vater kennt er nicht, nicht mal von Bildern. Der hat sich ganz schnell aus dem Staube gemacht, als Gabrielle ihm die freudige Nachricht verkündete. Peyton geht tapfer seinen Weg zur Schule. Die Nachbarin hatte ihm noch die Schuhe neu gebunden, und sonntags geht er an der Hand mit seiner Mami in die Kirche. Dort hören sie sich gemeinsam die Geschichten von der Barmherzigkeit des Herrn an. Verstehen kann er aber nicht, dass der Herr ausgerechnet bei seiner Mami aufhört mit der Barmherzigkeit. Schön bunt ist es hier und es wird gesungen, fast könnte man Visionen von einem schöneren Leben bekommen, aber nur fast. Trotzdem wird Peyton zeitlebens den Herrn nicht mehr aus seinem Kopf herausbekommen.

Und nun wird er vom Herrn bestraft. Weil er es nicht fertig gebracht hat, die Hexe dem Feuer zu übergeben, muss er nun selber in der Hölle braten. Elena hatte es ihm früher, als sie noch bei Verstand war, immer und immer wieder vorausgesagt: »Du wirst in der Hölle brennen«.

Und plötzlich sind die Gedanken weg und die Flammen sind weg und dann ist da gar nichts mehr. Nicht einmal Schwärze ist da noch, sondern nichts! Fühlt sich schon seltsam an, dieses Nichts.

Ende